Gerrith B. Horndasch

Gilas' Abenteuer

AF208882

Für die „kleine Prinzessin" Steffi,
die mich alten Fuchs gezähmt und dann wieder in die
Wirklichkeit des Lebens entlassen hat.

Die Deutsche Bibliothek - CIP-Einheitsaufnahme

Horndasch, Gerrith B.:
Gilas' Abenteuer / Gerrith B. Horndasch. - Schramberg;
Hamburg: Books on Demand, 1999

Alle Rechte beim Autor
Illustrationen Peter Stange © 1999
Herstellung: Libri Books on Demand

ISBN 3-89811-130-X

Wie ich von der Geschichte erfuhr

Gilas' Abenteuer, so abenteuerlich sie sind, beginnen ohne jegliche Aufregung und Spannung. Denn ich möchte erst einmal erzählen, wie es dazu kam, dass ich, ein Mensch, euch diese Erlebnisse einer Eule, die vor vielen hundert Jahren lebte, überhaupt erzählen kann.

Wir schreiben das Jahr 1999 und ich verbringe meinen Urlaub nicht auf einer Mittelmeerinsel oder gar in der Karibik, sondern habe mich für ein paar Wochen bei meinen Eltern einquartiert. Ich bin also seit Langem wieder einmal für längere Zeit in der Großstadt in der ich aufgewachsen bin. Natürlich verbrachte ich die ersten Tage damit, alte Freunde zu besuchen und alle Veränderungen, die seit meinem letzten Besuch vonstatten gegangen waren, zu registrieren. Aber dann kam die typische Sommer-in-der-Stadt-Stimmung auf. Die meisten Menschen waren im Urlaub und so ging ich, wie wir es früher oft im Sommer getan hatten, in den Zoo. Irgendwie schon eine tolle Einrichtung. Mit etwas Fantasie kann man dort eine Reise um die ganze Welt unternehmen, ohne auch nur ein paar Kilometer im Stau zu stehen, ohne lange fliegen zu müssen und ohne viel Geld auszugeben. Bei den Affen ist man in Afrika, die Tiger bringen einen nach Indien, Koalabären versetzen mich nach Australien, Waschbären und Krokodile in die USA und die Faultiere geben mir das Gefühl in Südamerika zu sein. Wenn mir nach Abkühlung zu Mute ist, lasse ich mich von den Eisbären mitnehmen auf einen Spaziergang durch die Arktis. So ging ich Tag für Tag in den Zoo auf Weltreise. Und jedes Mal besuchte ich auch die großen Schildkröten. Die sind zwar recht langweilig und bewegen sich wenig, aber es ist doch faszinierend, dass einige dieser Tiere mehr als 100 Jahre alt sind. Was mochten sie alles erlebt haben. Welche Geschichten könnten sie erzählen.

Und plötzlich, ich war vielleicht zum fünften Mal bei den Schildkröten, hörte ich eine Stimme. Ich war ganz allein bei den Tieren. Die meisten Besucher wollten erst die Löwen und Elefanten sehen, und so musste die zarte Stimme von einer der Schildkröten stammen.

„Du, Mensch auf meiner Terrarium-Mauer," ich war völlig durcheinander, „wie kommt es, dass du immer hier bei uns sitzt, wo hier doch gar keine Action ist?"

Was hätte ich sagen sollen, sie hatte ja recht. „Ich finde es sehr erholsam bei euch, gerade weil so wenig los ist. Und dann denke ich an all die Dinge, die ihr während euren langen Leben erlebt habt."

„Na so toll ist das mit den Erlebnissen auch wieder nicht. Ich lebe jetzt schon seit 80 Jahren in Gefangenschaft, seit mehr als zwanzig Jahren hier im Zoo und vorher war mein Leben auch nicht so aufregend. Und meine ganzen Freunde hier im Zoo sind noch älter und auch schon so lange hier. So haben wir uns gar nichts mehr zu erzählen."

„Ja, aber ihr müßt doch im Laufe der Jahre so viele Dinge gehört haben," sagte ich.

„Nun ja, ein paar Geschichten gibt es schon, die wir uns immer wieder erzählen, aber etwas wirklich Aufregendes hat keiner von uns erlebt."

„Dann erzähl doch mal eine der Geschichten."

„Also gut, ich will dir eine erzählen und wenn du uns noch öfter besuchen kommst jeden Tag eine neue. Es gibt da eine ganze Reihe von Geschichten, die in meiner Familie schon seit Jahrhunderten weitererzählt werden. Da meine Freunde noch älter sind und ich keine Kinder habe und auch wenig Hoffnung hier noch mal frei zu kommen, will ich sie dir erzählen. Du musst mir aber versprechen, dass du sie auch weitergibst, an deine Kinder oder Freunde. Jetzt wo die Geschichten so lange überliefert wurden und sie nicht mehr unter Schildkröten weitergegeben werden können, muss sicher sein, dass sie nicht verloren gehen."

Ich versprach es und so kam ich zu Gilas' Abenteuern. Die Schildkröte erzählte mir jeden Tag eine Geschichte und wenn sie einmal keine Lust hatte, sprang einer ihrer Freunde ein. Ich nahm mir einen Block und einen Stift mit in den Zoo und kam jeden Tag mit einigen Seiten voller Notizen nach Hause. Jeden Abend ergänzte ich die Notizen aus der noch frischen Erinnerung zu richtigen Geschichten und die habe ich dann gleich aufgeschrieben.

Der schönste Urlaub geht zu Ende - auch meiner. Und als ich im folgenden Jahr wieder in den Zoo kam, war die Schildkröte nicht mehr da. Die Pfleger sagten mir, sie sei im letzten August gestorben. Als ob sie nur darauf gewartet hätte, mir diese Geschichten weiterzugeben, bevor ihr langes Leben ausklingen konnte. In diesem Moment beschloss ich, die Geschichten nicht nur meinen Kindern zu erzählen, sondern auch zu versuchen, einen Verlag zu finden, der sie veröffentlicht, damit möglichst viele Kinder und Erwachsene sie kennenlernen.

Die Geschichten stammten von einer Urururgroßoma der Schildkröte. Die hatte vor vielen Jahren in einem Winter eine Eule kennen gelernt, die ihr die Abenteuer erzählt hat. Sie schwor Stein und Bein, dass es Gilas selbst war, die sie damals getroffen hatte. Und diese Geschichten, die über viele Generationen von Schildkröte zu Schildkröte weitergegeben wurden, will ich euch jetzt erzählen. Ich weiß nicht, ob Gilas wirklich all das erlebt hat oder ob einige der vielen Erzähler ein paar eigene Erlebnisse hinzugefügt haben. Mir jedenfalls wurden sie alle als Gilas' Abenteuer berichtet.

Von Eichhörnchen und Eulen

Es war einmal vor langer Zeit - Hänsel und Gretel hatten sich gerade aus der Gefangenschaft der alten Hexe befreit - da begab es sich eines sonnigen Morgens, dass die Eule plötzlich aus ihrem Tagesschlaf aufschreckte. Von den anderen Eulen wurde sie Gilas genannt, nach dem alten Philosophen aus der Zeit, als die Eulen noch die Welt mit ihrer Weisheit regierten. Das helle Licht blendete sie. Schließlich waren ihre Augen dazu geschaffen, ihr nächtliche Flüge durch den Wald zu ermöglichen. Und es waren gute Augen. Noch nie hatte sie einen Zweig übersehen. Und hatte sie erst einmal eine Maus auf ihren nächtlichen Spazierflügen fixiert, so war sie ihr noch nie entkommen. Aber jetzt brauchte sie doch einige Minuten um die Ursache der Ruhestörung im gleißenden Sonnenlicht zu entdecken. Längst hatte der Ast, auf dem sie saß, aufgehört zu wackeln, als sie das Eichhörnchen ganz am Ende, halb von Tannennadeln verborgen, sah. Es saß ganz ruhig da, fast als ob es ihm Leid täte, dass es die Eule geweckt hatte. Aber vielleicht fürchtete es sich auch, denn es wäre nicht das erste Eichhörnchen, das von einer Eule erlegt worden wäre. Warum setzte es dann nicht sein morgendliches Spiel, seine Jagd von Wipfel zu Wipfel fort. Ganz in diesen Gedanken versunken, merkte Gilas kaum, dass sich das Eichhörnchen langsam näherte.

„Na du altes weises Faultier," sprach das Eichhörnchen in seiner lebhaften Art die schläfrige Eule an, „willst du nicht ein wenig mit mir spielen? Lass uns ausprobieren, wer zu erst drüben an der Lichtung mit der alten Eiche ist."

„Ach lass mich doch schlafen," antwortete behäbig die Eule. Und während sie noch dachte, dass sie sich ja wenigstens ein wenig mit dem kleinen Ruhestörer unterhalten könnte und überlegte, wie sie denn das Gespräch beginnen könnte, war das Eichhörnchen schon etliche Bäume weiter, wo es ein paar Freunde traf. Mit dem Geräusch der sich lautstark begrüßenden Eichhörnchen schlief die Eule langsam wieder ein. Die ganze folgende Nacht musste sie immer wieder an diese Begegnung denken. Alle schlafenden Eichhörnchen die sie sah - und es waren viele, denn in den warmen Sommernächten werden sie leichtsinnig und schlafen häufig auf Ästen statt in ihren warmen Bauten - schaute sie genau an. Zu gerne hätte sie ihre Bekanntschaft auch aus dem Schlaf gerissen und ein wenig erschreckt. Über Eines wunderte sich Gilas dann doch: Obwohl so viele Eichhörnchen in Griffweite schliefen, kam sie nicht auf die Idee, eines von ihnen zu ihrem Mitternachtsessen zu machen. Wie groß war doch die Gefahr, dass sie „ihr" Eichhörnchen fressen würde, denn so genau hatte sie es am Morgen im hellen Licht ja gar nicht gesehen. Und das hätte sie sich nie verziehen. Es musste schon ein ganz besonderes Eichhörnchen sein, dass es wagte eine Eule so einfach zum Spielen einzuladen.

Traurig weil sie ihre Zweigbekanntschaft nicht gefunden hatte, beschloss die Eule, sich wenigstens wieder auf dem selben Ast zur Ruhe zu begeben wie am Morgen zuvor. Vielleicht würde das Eichhörnchen - sie wusste nicht einmal seinen Namen - ja auch wieder dort vorbeikommen. Ausgeruht erwachte sie am

Abend. Wie willkommen wäre ihr doch eine erneute „Störung" gewesen. So verbrachte die Eule drei ruhige Tage am gleichen Schlafplatz, was sonst nicht ihre Art war, bis sie schließlich doch eines Morgens wieder geweckt wurde. Tatsächlich, als sich ihre Augen ans Licht gewöhnt hatten, saß da wirklich das Eichhörnchen. Es hatte sich diesmal gleich etwas näher zur Eule gesetzt, denn es glaubte, nichts zu befürchten zu haben.

„Guten Morgen Eichhörnchen," begann die Eule das Gespräch, um gleich zu signalisieren, dass sie sich darauf gefreut hatte, „wir scheinen wohl den gleichen Geschmack in unserer Baumwahl zu haben." So ein Blödsinn, dachte sie noch, denn das Eichhörnchen war ja gerade erst das zweite Mal hier, während sie schon fünf Tage auf dem Baum verbracht hatte.

„Oh ja, ich liebe Kiefern," antwortete das Eichhörnchen, „die duften so gut." Das war der Eule noch gar nicht aufgefallen, sie sog die warme Morgenluft ein und roch es auch.

„Ja du hast recht, die riecht wirklich toll. Sag mal, wie heißt du eigentlich?" fragte die Eule, die, immer noch vom ungewohnten Licht irritiert, blinzelte.

„Sara," war die Antwort, „und du? Hast du heute Lust zu einem kleinen Rennen?"

„Ich heiße Gilas. Also gut, lass uns ein Rennen veranstalten." Beide zählten gemeinsam bis drei und los ging es. Natürlich hätte die Eule schneller sein müssen - jedenfalls bei Nacht. Aber sie hatte Probleme sich zu orientieren. Ja sie war fast darauf angewiesen, dem Eichhörnchen zu folgen, um es dann auf dem letzten Stück zu überholen. Das hätte sicher auch geklappt, aber das Eichhörnchen erkannte die Absicht und lief in einem Bogen auf die Lichtung zu. So verliefen die letzten fünfzig Meter des Weges durch eine besonders dichte Schonung. Die Eule, die versprochen hatte, nicht über den Wipfeln zu fliegen, konnte Sara bei aller Anstrengung gerade noch einholen, bis beide den Rand der Lichtung erreicht hatten. Völlig außer Atem saßen beide nebeneinander auf einem dicken Ast und sagten im selben Moment: „Das war schön." Sie lächelten sich an. Und Gilas war froh, dass sie sich auf dieses ungewöhnliche Rennen eingelassen hatte.

Sara sah indessen hinüber zu der alten Eiche, die ziemlich genau in der Mitte der Lichtung stand. Noch nie hatte sie gewagt, dort hinüber zu laufen. Für einen Sprung, selbst mit Anlauf, war die Eiche viel zu weit vom Waldrand entfernt. Es waren, so schätzte Sara, etwa fünf Sprungweiten bis dorthin. Einmal hatte es ein entfernter Verwandter versucht und war prompt von einem Bussard gepackt worden.

Gilas merkte, dass Sara plötzlich ganz ruhig war und den Blick auf die Eiche gerichtet hatte.

„Würdest du gerne mal da rüber? Aber das lohnt sich nicht. Ich war schon so oft dort. Es ist ein Baum wie jeder andere. Aber wenn du willst, ich bringe dich gerne hinüber."

„Vielleicht ein andermal," sagte Sara und verschwand. Mit dem Blick auf die Eiche schlief die Eule wieder ein und im Traum sah sie, wie sie, das Eichhörnchen vorsichtig in den Fängen haltend, hinüber zur Eiche flog.

Auch Sara dachte an diesen Flug als sie sich abends in ihrem Baum zur Ruhe begab. Aber so schön das Rennen mit Gilas auch war, letzten Endes war sie eine Eule. Mit einem halben Meter Abstand neben ihr Sitzen war eine Sache - für die sie ihre Freunde übrigens auch schon für verrückt erklärt hatten - aber sich freiwillig in ihre Fänge begeben? Da wollte sie Gilas doch erst einmal besser kennen lernen. Während Sara schlief - und wohl auch von ihrem ersten Flug träumte - überlegte sich die Eule, warum das Eichhörnchen ihr Angebot wohl nicht angenommen hatte. So in Gedanken versunken, vergaß sie ganz das Mäusefangen und als sie sich im Morgengrauen auf ihrer Kiefer niederließ - jetzt nahm sie den Duft auch wahr - knurrte ihr gehörig der Magen.

Es war ein ruhiger Tag, denn diesmal weckte Sara sie nicht. Dafür aber am nächsten Morgen. Auf ein Rennen verzichteten die beiden, denn sie hatten sich auch so viel zu erzählen. Das Eichhörnchen berichtete von wilden Jagden mit seinen Freunden durch die sonnendurchfluteten Wipfel. Gilas beneidete Sara ein wenig, weil sie immer Freunde um sich hatte. Aber andererseits sprach sie von den nächtlichen Flügen, die sie manchmal am See vorbei, bis an den Rand des kleinen Dorfes führten. Und sie dachte an den Anblick des Mondes wie er sich auf dem ruhigen Wasser spiegelte - und es waren schöne Gedanken. Dann schien es ihr, als ob Sara sie beneidete.

So trafen sie sich mehrere Wochen lang alle paar Tage. Ab und zu machten sie ein Rennen zur Lichtung- das aber meist unentschieden endete. Und immer wieder sah Sara hinüber zur Eiche. Ab und zu lehnte sich Sara dann an Gilas' rechten Flügel und streichelte sie mit ihrem weichen Schweif über den Rücken. Einmal wurden sie von einem Schauer überrascht und Gilas breitete ihren Flügel über Sara aus, damit sie nicht nass wurde. So kamen sie sich langsam näher. Obwohl sich ihre Welten so sehr unterschieden, wurden die beiden richtige Freunde. Wenn Sara einmal mehrere Tage nicht zur Kiefer kam, war Gilas richtig traurig.

Schließlich war es soweit. Sara nahm ihren ganzen Mut zusammen, hielt sich an Gilas' Beinen fest und beide hoben ab. Der Anblick der messerscharfen Krallen, nur Zentimeter von ihr entfernt, erschreckte Sara und sie hatte gar nichts von dem Flug gehabt, als sie schon wieder landeten. Die wunderbare Aussicht, die man von den obersten Zweigen des Baumes auf die Lichtung hatte, schien Sara zu entschädigen. Sie sah so glücklich aus, wie selten zuvor. Den Rückflug konnte sie schon bedeutend besser genießen, trotz der Krallen. Aber es war ja auch nur ein ganz kurzer Flug. Gilas brauchte nur zwei kräftige

Flügelschläge, um den Waldrand wieder zu erreichen.

„Na, macht dir das Fliegen Spaß?" fragte die Eule, als sie wieder am Rand der Lichtung saßen.

„Wenn die scharfen Krallen nicht wären, könnte ich mich daran gewöhnen."

„Wie wär's," schlug Gilas vor, „wir treffen uns einmal abends wenn es dunkel wird und fliegen über den See. Das wird dir gefallen."

Keine Antwort von Sara.

Das war etwa zehn Tage bevor das Eichhörnchen Gilas sagte, dass es nun fortgehen wolle. Es müsse nun, wie sich das für erwachsene Eichhörnchen gehört, in einen anderen Wald gehen. Gilas war traurig. Denn obwohl sie zum Abschied noch einmal zur Eiche flogen, hatte Sara kein Wort mehr zu ihrem Angebot zu einem längeren Flug über den See gesagt. Und sie hätte sich so gefreut ihr das zu zeigen.

So ging ihr Leben weiter wie früher - wie in der Vor-Sara-Zeit. Es war ja kein schlechtes Leben, aber irgendwie fehlte Gilas doch etwas. Um so erstaunter war sie, als Sara sie nach vielen Wochen plötzlich weckte. Fast ausgelassen - jedenfalls für eine Eule - war Gilas. Mit beiden Flügeln umfasste sie das Eichhörnchen. Und auch Sara freute sich ihre ungewöhnliche Freundin wiederzusehen. So trafen sich die beiden alle paar Wochen, erzählten sich, was sie so erlebt hatten, machten ein Rennen zur Lichtung oder flogen zur Eiche.

Und wenn sie nicht gestorben sind, treffen sie sich noch heute dort. Und irgendwann vielleicht, wenn Sara ihre Angst vor Gilas' Krallen völlig verloren haben wird, machen sie ihren Traum war und fliegen an einem schönen warmen Abend über den See. Aber das ist eine andere Geschichte.

Von Eulen und Lichtern

Es war einmal vor langer, langer Zeit - Aschenputtel war noch nicht geboren und hatte folglich noch nicht eine einzige Erbse sortieren müssen - an einem wunderschönen Spätsommerabend, da wurde eine alte Eule, die auf einem Kiefernast ihren Tagesschlaf verbrachte, von den schräg einfallenden Sonnenstrahlen geweckt. Ein so schönes Naturschauspiel hatte Gilas, so hieß die Eule, schon lange nicht mehr gesehen. Eine Eule mit einem Namen? Ja, damals hatten die Tiere noch Namen, denn sie konnten sich zu jener Zeit auch noch miteinander unterhalten. Gilas war ein sehr alter Name für Eulen, den schon viele berühmte Vorfahren unserer Gilas, darunter einige angesehene Philosophen und Gelehrte, getragen hatten. Nun, Gilas war einige Stunden früher als üblich geweckt worden und so genoss sie das ungewöhnliche Schauspiel des Sonnenunterganges, der den ganzen Wald in goldene Farben tauchte. Das war damals wesentlich seltener als heute, denn damals war die Luft viel klarer und so hatte das Abendsonnenlicht auf seinem Weg zur Erde keine Hindernisse zu überwinden. Damals war wirklich das Abendrot ein Schönwetterbot, wie noch heute in alten Volksweisheiten behauptet wird.

So sehr beeindruckte Gilas der Sonnenuntergang, dass sie beschloss, von nun an immer einige Stunden früher aufzuwachen, um in Zukunft keinen mehr zu verpassen. Doch gab es zu dieser Zeit natürlich noch keine Wecker. Die Menschen hatten damals kein anderes Zeitmaß als den Lauf der Sonne. Gilas brauchte einige Wochen, bis sie ihre innere Uhr umgestellt hatte und stets pünktlich kurz vor Sonnenuntergang erwachte. Und sie erlebte noch viele der goldenen Momente, wenn der gelbe Feuerball der Sonne hinter dem Horizont verschwand. Doch diese Liebe ist nur ein Teil dieser Geschichte. Denn auf ihren nächtlichen Rundflügen entdeckte Gilas etwas, was sie nur schwer einordnen konnte. Als sie das erste Mal an dem kleinen Dorf am nördlichen Rande ihres Waldes vorüberflog, sah sie einen rötlichen Schimmer durch einige der Fenster in das Dunkel der Nacht scheinen. Doch sie traute sich natürlich nicht näher an das Dorf heran. Im Laufe der Zeit aber wurde sie mutiger und ihre Liebe zum Licht mit jedem Sonnenuntergang größer, und sie wagte eine genauere Erkundung des menschlichen Lichts.

Also wählte sie einen besonders kalten Abend, denn an solchen pflegten die Menschen früh in ihre Häuser zu gehen und kamen bis zum Morgen nicht mehr heraus. Zuerst ließ sich Gilas auf dem letzten Baum des Waldes nieder und sah zu, wie die Menschen ihre Feldarbeit beendeten und einer nach dem anderen in ihre Häuser zurückkehrten. Sie umkreiste das Dorf einige Male um ganz sicher zu sein, dass sie niemand bei ihren weiteren Erkundigungen stören würde. Dann flog sie zu einem der alten Apfelbäume, die ihr früher, als hier noch keine Menschen wohnten, als Ausguck für die Mäusejagd gedient hatten. Doch mehr als ein rötlicher Schein war auch von hier nicht zu erkennen. Da sah Gilas den Hund, der in einem kleinen Häuschen neben dem großem Wohnhaus der Menschen lebte. Sie flog zu ihm, ließ sich auf dem First des Hüttendaches nieder und wollte ihn gerade nach seinem Namen fragen, da begann der Hund ganz fürchterlich zu schreien. Und in was für einer Sprache! Gilas konnte kein Wort verstehen. Aber offensichtlich verstanden ihn die Menschen, denn in kürzester Zeit öffnete sich die Tür und alle erwachsenen Bewohner standen mit Knüppeln in der Hand vor dem Haus. Fast geräuschlos zog Gilas sich auf den Apfelbaum zurück - unbemerkt von den Menschen, denn die folgten ihr nicht. Schon seltsam, dachte sie, dass der Hund eine ganz andere Sprache redete, sah er doch fast genauso aus wie die Wölfe und deren Gespräche hatte sie schon oft belauscht. Ja manchmal hatte sie sich sogar mit einem einzelnen Wolf - in der Meute waren die immer viel zu ungesprächig - in einer kalten Winternacht unterhalten. Doch dieser Hund hatte wohl so lange bei den Menschen gewohnt, dass er ihre Sprache angenommen hatte.

Was konnte sie tun? Die Menschen waren wieder in ihr Haus zurückgekehrt. Auch durch die geöffnete Tür war dieser rote Schein nach draußen gekommen. Konnte es den Menschen gelungen sein, die Sonne in ihrer Hütte zu fangen? Während Gilas diesen Gedanken nachging, lief eine kleine Feldmaus zwischen den Apfelbäumen herum. Sie war ganz jung. Gilas rief sie an: „Hey, Mäuschen, habe keine Angst, ich will dich nicht fressen."

Doch die Maus versteckte sich sofort in einem der vielen Löcher. Dann rief sie zurück: „Das soll ich glauben? Du hast schon so viele meiner Verwandten getötet."

Gilas antwortete: „Du kannst mir glauben, denn ich will dich etwas fragen und wenn du mir zu antworten vermagst, werde ich in Zukunft auch alle deine Verwandten verschonen."

„Also gut," antwortete die Maus, „ich werde dir antworten, aber wir müssen ein Zeichen verabreden, an dem du meine Familie erkennen kannst."

Darauf Gilas: „Ihr müßt euch irgendwie von den anderen

Mäusen, vor allem von den fetten, die bei den Menschen leben, unterscheiden. Was hältst du davon, wenn ihr fortan ein graues Fell tragen würdet, wenn ihr auf dem Feld unterwegs seid?"

„Das klingt gut und jetzt deine Frage." - So erfanden Gilas und die kleine Maus die heute noch lebenden, kleinen grauen Feldmäuse.

„Du lebst doch schon länger hier in der Nähe der Menschen. Sag, was ist das für ein roter Schein, der nachts aus ihren Häusern dringt?"

„Nun, die Menschen leben zwar eher in unserer Nähe, denn wir waren zuerst hier, aber über das Licht kann ich dir etwas sagen. Es gibt in den Häusern zwei Sorten von Lichtern. Das eine ist ein sehr großes rotes Licht, das sie in speziellen Ecken haben. Sie füttern es mit Holz - sicher hast du schon gemerkt, dass sie im Wald einige Bäume gefällt haben und neben ihren Häusern große Holzstapel angelegt haben. Außerdem gibt dieses Licht sehr schöne Wärme ab. Deshalb versammeln sich die Menschen an kalten Abenden wie heute alle um dieses Licht. Dann sitzen sie ganz eng beisammen und trinken heißes Wasser, das sie mit Blättern schmackhaft machen. Das Wasser erhitzen sie auf diesem roten Licht in großen metallenen Schüsseln. Das andere Licht benutzen sie, wenn sie nachts nach draußen gehen, oder in einer dunklen Ecke des Hauses Arbeiten verrichten müssen. Es besteht aus einer kleinen Schale, in der eine seltsame Masse und eine Art dünner Ast sind. Diesen Ast zünden sie mit einem anderen langen Ast an, den sie vorher in das große Licht halten. Dann beginnt er zu leuchten und sie tun das Licht in die kleine Schale. Und während dort der Ast schwarz wird und leuchtet, wird die Masse immer weniger. Wenn sie schlafen gehen, machen sie das kleine Licht immer aus. Dazu blasen sie einfach gegen den leuchtenden Ast und schon ist es aus. Das große Licht lassen sie über Nacht leuchten, allerdings füttern sie es nur dann, wenn es wirklich sehr kalt ist."

„Das klingt aber alles sehr aufregend. Ich dachte schon, die Menschen würden die Sonne über Nacht gefangen halten. Doch woher weißt du das so genau?"

„Wir haben erst vor kurzem mit einigen Mäusen gesprochen, die bei den Menschen leben und deren Sprache recht gut verstehen. Die konnten das ganz genau erklären, denn auch wir wollten natürlich wissen, wie das mit dem Licht funktioniert. Ach so, die Menschen haben auch spezielle Namen für diese Lichter. Das große nennen sie Feuer und das kleine Kerze."

Nun wusste Gilas also ganz genau, was dieses Leuchten war, das sie mit der Sonne verwechselt hatte. Je öfter sie es von ihrem Baum aus beobachtete, desto mehr wollte sie auch so ein Licht. Das große, das Feuer genannt wurde, kam nicht in Frage, dazu brauchte man wohl ein Haus - aber das kleine? Und eines Abends kam ihre Chance. Es war etwa drei Monate später, an einem warmen Sommerabend. Die Menschen waren heute früh ins Haus gegangen. Jetzt war es dunkel. Doch es war so warm, dass alle Fenster offen standen. Da stellte einer der Menschen eines der kleinen Lichter, eine Kerze in das offene Fenster. Gilas überlegte nicht lange, flog hin, packte die Schale und flog tief in den Wald. Das Licht ging fast aus durch den Wind beim Fliegen und Gilas wurde es sehr warm am Bauch. Als sie landete, hatte das Licht schon fast ihr Gefieder erfasst. Doch nun hatte Gilas Licht - ihr Licht.

Gilas hatte ihr Licht auf einen dicken Ast gestellt. Doch langsam fingen die Nadeln der Kiefer über der Kerze zu schmoren an. Ganz in der Nähe war eine kleine Lichtung. Auf die brachte sie das Licht. Doch traute sie sich nicht, daneben stehen zu bleiben, denn da wäre sie doch eine gar zu leichte Beute für Füchse gewesen. Und außerdem konnte sie ja auch von einem benachbarten Baum aus den Schein bewundern. Und so sah sie dann auch, wie sich alle möglichen Tiere der beleuchteten Lichtung näherten, aber sobald sie das Feuer rochen schnell umdrehten und in den Wald zurückliefen. Das sah sie sich eine ganze Weile an und nachdem auch ein Fuchs vor dem Licht Reißaus genommen hatte, fühlte sie sich sicher genug, den Rest der Nacht direkt neben dem geliebten Schimmer zu verbringen. Ihre Augen hatten sich schon so an die Helligkeit gewöhnt, dass sie den Fuchs, der sich ihr näherte nur hören konnte. Aber der würde ja ohnehin weggehen, sobald er die Kerze roch.

Doch was war jetzt los? Der leuchtende Ast in der Mitte begann plötzlich zu flackern. Der Schein wurde immer dunkler. Schließlich ging das Licht ganz aus. Gilas hörte, wie sich der Fuchs anschlich. Instinktiv öffnete sie ihre Schwingen und hob mit einigen kräftigen Flügelschlägen ab. Doch sie konnte in der jetzt wieder herrschenden Finsternis nichts sehen. Noch beschleunigte sie mit ganzer Kraft nach oben und ungefähr in die Richtung des Baumes auf dem sie zuvor gesessen hatte. Die Spitzen ihres rechten Flügels berührten einige Zweige. Sie wusste nicht wo sie war. Nicht wohin sie sollte. In ihrer Panik flog sie trotzdem immer schneller. Mit voller Geschwindigkeit prallte sie gegen den astlosen Stamm einer dicken, hohen Kiefer. Bewusstlos stürzte sie zu Boden, dem wartenden Fuchs entgegen.

Und wenn sie nicht gefressen wurde, dann träumt sie heute bestimmt nicht mehr vom Schein des Lichtes.

Gilas geht Baden

Es war einmal vor langer, langer Zeit - Dornröschen hatte noch nicht einmal die Hälfte ihres Schlafes hinter sich - da wurde Gilas, die Eule, wieder einmal von Sara geweckt. Ihr erinnert euch an Sara, das Eichhörnchen, mit dem Gilas in unserer ersten Geschichte Freundschaft geschlossen hatte. Nun, Gilas hatte sie schon eine ganze Weile nicht getroffen, und so war es ihr egal, dass sie sie weckte kurz nachdem sie eingeschlafen war. Noch bevor sie im bereits recht grellen Sonnenlicht etwas sehen konnte, freute sie sich, denn das plötzliche Wackeln ihres Schlafastes konnte nur bedeuten, dass Sara da war.

„ Grüß dich Gilas, alte Eule," war Saras flapsige Begrüßung.

„Hallo Sara," antwortete die etwas nüchterner veranlagte Eule trotz ihrer übereulischen Freude trocken, „wie geht es dir denn? Lange nicht gesehen."

„Oh fein, wir hatten eine Menge Spaß in den letzten Wochen. Ich habe viel von meinen Freunden gelernt und wir haben eine Menge gesehen und erlebt. Als wir gestern Fangen spielten, waren wir an der Lichtung mit dem einzeln stehenden Baum darauf. Und keiner meiner Freunde wollte glauben, dass ich schon auf dem Baum war. Ich konnte ihnen ja schlecht erzählen, dass mich eine freundliche alte Eule dort hinüber geflogen hat. Da hätten sie mich sicher für verrückt erklärt."

„Na, jedenfalls hast du dich an mich erinnert und bist mich mal wieder besuchen gekommen."

„Oh das hatte ich schon lange vor, aber es ist immer wieder etwas dazwischen gekommen. Außerdem muß ich immer, wenn ich zu dir komme, besonders früh aufstehen, sonst würden mir die anderen sofort nachlaufen und ich glaube kaum, dass meine Familie besonders erfreut wäre, meine Bekannte kennen zu lernen."

„Ja, ja, ist ja schon gut, ich beschwere mich ja auch gar nicht. Ich bin ja schon glücklich, wenn du da bist." Nach dieser ausführlichen Begrüßung erzählten sich Sara und Gilas, was sie in den letzten Wochen so erlebt hatten.

Besonders interessierte Gilas die Erzählung von einem Badeausflug, den Sara mit einigen Freunden erst vor kurzem unternommen hatte. Sie waren an dem See gewesen, über den Gilas so gerne mit ihr geflogen wäre. Irgendein älteres Eichhörnchen hatte Sara und ihren Freunden erzählt, dass es früher regelmäßig Baden gewesen sei. Damals reichte der Wald noch ganz bis an den See und die Eichhörnchen waren fast an jedem warmen Abend dort. Die jungen Eichhörnchen waren so fasziniert von der Geschichte, dass sie beschlossen, dieses Baden auch einmal auszuprobieren. Das alte Eichhörnchen sollte sie begleiten, denn sie hatten ja keine Ahnung wie Baden eigentlich geht. Zumal man offensichtlich dazu auch noch das Schwimmen - was immer das sein mochte - lernen musste. Sie warteten einen warmen Tag ab und machten sich auf den Weg. Mit großer Vorsicht schlichen sie sich an den See. Kaum waren sie dort angekommen, war das eine Eichhörnchen auch schon im Wasser. Sara und die anderen standen erst einmal verdutzt am Ufer. Doch dann erinnerten sie sich an die Erklärungen des erfahrenen Eichhörnchens und wagten sich langsam und vorsichtig ebenfalls hinein. Schnell hatten sie gelernt, dass sie auf dem Bauch schwimmen und mit allen Vieren strampeln mussten. Etwas gewöhnungsbedürftig war das Steuern mit dem Schwanz. Das war doch etwas ganz Anderes als in der Luft. Und ihre flauschigen Schweife sogen sich langsam mit Wasser voll, wurden also immer schwerer. So waren sie doch alle sehr erschöpft als sie wieder ans Ufer krochen. Zwei mussten Wache halten, während sich die Übrigen in der Sonne trockneten.

„Das war aber ein schöner Erlebnis," sagte Gilas, deren Gedanken noch ganz in der Vorstellung der badenden Eichhörnchen gefangen waren. Auch Gilas hatte schon vom Baden gehört. Eulen wuschen sich zwar immer nur im Regen - unter der Dusche sozusagen - oder in kleinen Pfützen, aber die anderen Vögel hatten ihr schon davon erzählt. Die anderen Raubvögel waren zwar auch nicht allzu sehr auf Wasser versessen, aber die Enten und Wildgänse, die sie manchmal am frühen Abend traf, hatten offensichtlich riesigen Spaß daran.

„Willst du es nicht einmal versuchen?" fragte Sara. „Es würde dir sicher große Freude machen."

„Na weißt du, Eulen baden eigentlich nicht."

„Na und? Eichhörnchen fliegen normalerweise auch nicht zwischen den scharfen Krallen einer Eule über Lichtungen."

Da hatte sie irgendwie recht. Es war zwar kein besonders gutes, stichhaltiges Argument, dachte Gilas, aber sie war doch in ihrer Ehre gefordert.

„Also gut, ich will es versuchen," antwortete sie nach kurzer Bedenkzeit.

So flogen, beziehungsweise sprangen, sie also los in Richtung See. Kaum angekommen, war Sara schon im Wasser verschwunden. Sie hatte gut aufgepasst bei der Lektion des älteren Eichhörnchens, hatte sogar tauchen gelernt und erschreckte

Gilas damit, denn die dachte, Sara sei ertrunken. Doch wie das Schwimmen bei Eulen funktionierte, wusste Sara natürlich auch nicht. Da Gilas keine Angst vor dem Wasser hatte, ging sie an einem flachen, sandigen Uferstück ebenfalls ins Wasser, so weit, dass es ihr bis zum Bauch reichte. Und tatsächlich, selbst wenn sie die Beine einzog, sie blieb oben. Aber wie sollte sie sich fortbewegen? Sara hatte ihrer mutigen Bekannten interessiert zugeschaut. Sie fand es ganz schön gewagt von Gilas, die doch noch nie in einem richtigen See war.

„Aber wie soll ich mich fortbewegen?" fragte Gilas. „Selbst wenn ich mit den Beinen paddle, bewege ich mich nicht vorwärts?" Darauf wusste Sara keine Antwort.

„Wie machen denn das die anderen Vögel, die Enten, die Gänse und die riesigen Schwäne?"

„Deren Füße sind ganz anders geformt. Die müssen ja keine Tiere fangen, deshalb haben sie keine Krallen. Dafür sind ihre Zehen mit Häuten verbunden und wenn sie die Zehen spreizen, sind die Füße ganz breit und sie können sich am Wasser abstoßen."

Das wusste Gilas, denn sie hatte einmal eine Ente gefragt, wie sie denn mit diesen breiten Platschefüßen Mäuse fangen könnte. Beide überlegten, was zu tun sei. Sara hatte die Idee.

„Pass auf, geh so weit ins Wasser, dass du darauf schwimmst, wenn du die Beine anziehst. Ich komme dann und bringe dir deine Entenfüße."

Gilas tat wie Sara es gesagt hatte. Und die kam mit zwei großen Buchenblättern, die sie an einem nahestehendem Baum abgerissen hatte, zurück.

„Und damit soll ich schwimmen können?"

„Ja genau. Du musst jetzt die Beine vom Boden heben und wenn ich gegen eines der Beine stoße, deine Krallen ganz weit spreizen."

Gesagt, getan. Sara tauchte. Gilas spreizte ihre Krallen und Sara steckte die Blätter darauf. Das Ganze noch mit dem anderen Fuß und fertig waren Gilas' Entenfüße.

„Jetzt hast du genau die gleichen Füße wie die Schwimmvögel. Aber sei vorsichtig, die Blätter reißen leicht. Und wenn du die Füße nach vorne bewegst, musst du die Krallen ganz eng schließen, sonst fallen die Blätter wieder herunter. Jetzt probier es einmal, aber ganz vorsichtig."

Gilas schloss beide Fänge ganz fest und bewegte die Füße langsam nach vorne. Sie schaukelte Furcht erregend, denn wie sie ihr Gewicht ausgleichen musste, konnte sie ja nicht wissen. Aber das hatte sie schnell herausgefunden. Dann entfaltete sie beide Blätter, spreizte also ihre Krallen, und stieß sich ganz sachte ab, genauso, wie sie von einem besonders dürren Ast, der bei allzu großem Krafteinsatz brechen würde, zum Flug startete. Und tatsächlich. Sie bewegte sich. Also das Ganze noch einmal. Jetzt klappte das Verlagern des Gewichts schon besser. So bewegte sie sich langsam über den See.

Einmal rissen die Blätter, als sie versuchte, mit Saras Tempo mitzuhalten, aber Sara brachte ihr schnell neue, denn Gilas hatte schon Angst unterzugehen, weit weg vom Ufer und aller Bewegungsmöglichkeiten beraubt. So schnell war Sara noch nie geschwommen und beide waren sehr froh als die neuen Blätter angebracht waren. Sie näherten sich langsam aber sicher der Seemitte. Gilas hatte schon versucht, mit ihren Schwanzfedern zu steuern, so wie sie es vom Fliegen gewohnt war. Aber es funktionierte nicht und beinahe hätte sie beim Versuch das Gleichgewicht verloren und wäre um ein Haar mit dem Schnabel unter Wasser geraten. Natürlich hätte sie am anderen Ufer an Land gehen und umdrehen können, aber dann wären die Blätter zerrissen und Sara hätte, da es am anderen Ufer keine Bäume gab, ganz um den See herum oder ganz hindurch müssen, um neue zu besorgen.

„Wie soll ich jetzt wenden?" fragte Gilas ihre Begleiterin. Statt einer Antwort schwamm Sara ganz nah an Gilas' rechte Seite. Mit ihrem Schwanz steuerte sie eine Linkskurve und schob die Eule dabei ganz langsam mit. Das war mächtig anstrengend, aber schließlich hatten sie gewendet und schwammen auf die Stelle zu, an der sie ins Wasser gegangen waren. Sara wurde schwächer, denn die Kurve, das Tauchen und die ungewöhnlich lange Strecke, die sie schon geschwommen war, hatten sie doch sehr mitgenommen. Gilas hatte keine Probleme, denn ihre Beine waren kräftig. Schließlich schlief sie sonst den ganzen Tag auf einem Bein. Als sie merkte, dass Saras Kräfte schwanden und sie zurückblieb, bot sie ihr an, sich an ihren Schwanzfedern zu halten. Die waren zwar zum Steuern untauglich, aber sie boten Saras Kopf genug Auftrieb, um über Wasser zu bleiben. Am Ufer waren die beiden völlig kaputt.

„Weißt du was," sagte Gilas, „lass uns ein paar Stunden schlafen und uns in der Sonne trocknen. Wenn ich neben dir sitze, brauchst du dich vor nichts zu fürchten. Kein anderer Vogel und kein Wiesel wird sich an eine Eule heranwagen. Aber du musst mich wecken, denn sonst schlafe ich bis es dunkel wird. Dann fliege ich dich bis zu meiner Kiefer - unserer Kiefer, denn erst seit ich dich kenne, schlafe ich immer auf ihr - und von dort kannst du nach Hause laufen."

„Einverstanden," antwortete die völlig erschöpfte Sara und beide schliefen in der wärmenden Sonne sofort ein.

Und wenn sie nicht gestorben sind, gehen sie noch heute an schönen Sommerabenden an den See zum Baden. Ob sie jemals über den See fliegen werden, erzählt eine andere Geschichte.

Gilas und der Bussard

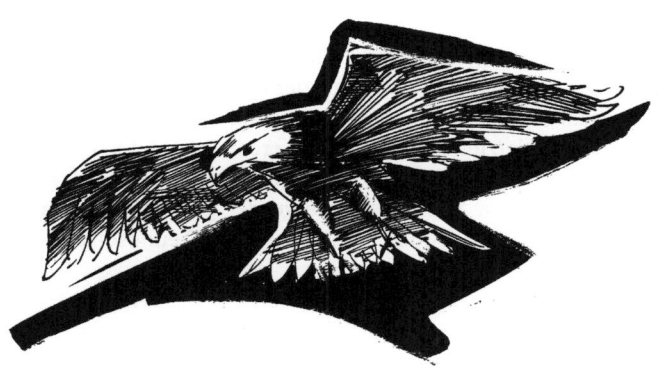

Es war einmal - einige Jahre bevor Max und Moritz die Hühner der Witwe Bolte gestohlen hatten - da flog Gilas, die Eule nachts über alle Felder in der Umgebung ihres Schlafwäldchens. Aber nirgendwo konnte sie eine Maus finden - dabei war das doch ihr Lieblingsfrühstück. So sehr sie ihre Augen auch anstrengte - und ihre Augen waren sehr gut - nirgendwo regte sich etwas. Nicht einmal die grauen Feldmäuse waren unterwegs, obwohl die doch seit einigen Jahren Gilas' Schutz genossen, nachdem sie ihr geholfen hatten, den Menschen eine Kerze zu stehlen. Keine Feldmäuse also. Aber auch keine Kaninchen oder sonst irgend etwas Essbares. Eichhörnchen im Wald zu jagen, hatte sich Gilas seit ihrer Bekanntschaft mit Sara abgewöhnt. Also musste sie auf den Feldern weitersuchen. Die halbe Nacht flog sie über mehrere Hügelketten und Täler, entfernte sich weit von ihrem Gebiet und konnte schließlich nur deshalb eine kleine Mahlzeit bekommen, weil ein entfernter Verwandter ihr erlaubte, in seinem Gebiet ein paar Mäuse zu fangen. Nach dem Rückflug fiel Gilas völlig erschöpft auf ihrem Baum in tiefen Schlaf. Wenn das so weitergehen würde, müsste sie sich womöglich doch nach einem neuen Wohnort umschauen. Aber eigentlich wollte sie ihren Wald nicht verlassen, bestand doch hier die größte Chance, Sara hin und wieder zu treffen. Vorerst hatte sie ja ihren Verwandten, bei dem sie eingeladen war, notfalls einige Nächte zu jagen.

Von diesem Angebot musste Gilas ganz gegen ihren Willen auch in den folgenden Nächten ausgiebig Gebrauch machen. Es war ihr sehr unangenehm. Aber aus irgendeinem Grund gab es keine alten, verletzten oder kranken Tiere mehr auf den Feldern. So ging das einige Nächte. Aber dann traf Gilas auf dem Rückweg zu ihrem Schlafwald einige der grauen Feldmäuse, mit denen sie bei früherer Gelegenheit Freundschaft geschlossen hatte.

„Hallo, wie geht es euch denn?" fragte sie zur Begrüßung.

Die Feldmäuse verschwanden blitzschnell in ihren Löchern. Gilas hatte nicht daran gedacht, dass Mäuse eine viel kürzere Lebensspanne als Eulen haben. Außerdem bekamen sie sehr viele Kinder und so konnten diese Mäuse sie natürlich gar nicht kennen.

„Ich bin Gilas," begann sie zu erklären. „Vor ein paar Jahren hat mir mal eine Verwandte von euch sehr geholfen und ich habe ihr versprochen, ihr und allen Nachkommen nichts zu tun. Damit ich euch erkenne, haben wir damals verabredet, dass ihr, immer wenn ihr aufs Feld geht, graue Kleider tragt. Sicher habt ihr diese Geschichte schon einmal erzählt bekommen."

„Ja, das stimmt schon," traute sich eine der Mäuse zu antworten. Wenn du jetzt auch noch sagen kannst was die Eule damals wissen wollte, glauben wir dir, dass du es warst."

„Natürlich weiß ich das. Ich wollte etwas über das Licht der Menschen wissen und eure Verwandte hat mir alles darüber erzählt.

Nun trauten sich einige der Mäuse heraus. Die anderen begannen sich lebhaft zu unterhalten. Die Älteren erzählten den Jüngeren die Geschichte, die Gilas nur kurz angesprochen hatte. Doch bevor Gilas die Feldmäuse fragen konnte, was es mit den fehlenden Tieren auf sich habe, ging die Sonne auf und schlagartig verschwanden die Mäuse wieder.

Eine rief noch: „Komm doch morgen noch mal vorbei."

Gilas entschloss sich, an einem der folgenden Morgen nicht schlafen zu gehen, sondern einmal selbst zu sehen, ob sich nicht tagsüber einige Tiere sehen lassen würden. Aber nach den langen Ausflügen zu ihrer Verwandten war sie immer so müde, dass ihr die Augen wie von selbst zufielen und es ihr nicht gelang, sich wach zu halten. Also mussten wohl doch die Mäuse die Antwort geben. Am nächsten Abend flog sie an der Stelle vorbei, an der sie die Feldmäuse beim letzten Mal getroffen hatte. Diesmal erschraken sie nicht, denn wenn Feldmäuse auch nicht sehr alt werden, haben sie doch ein ziemlich gutes Gedächtnis für Gesichter.

„Hallo, da bin ich wieder," rief Gilas schon von weitem, um gar nicht erst Angst aufkommen zu lassen. „Wieso seid ihr denn beim letzten Mal so schnell verschwunden? Ich wollte euch doch noch etwas fragen."

„Wir hatten Angst," antwortete die Maus, die schon beim letzten Besuch der Wortführer war. „Weißt du denn nicht, was seit einigen Wochen hier los ist, sobald die Sonne aufgeht?"

„Nein, und genau deshalb wollte ich ja mit euch reden," sagte Gilas während sie sich auf einem kleinen Gebüsch niederließ. Allzu nahe wollte sie den Feldmäusen nicht kommen, um sie nicht zu vertreiben. „Was ist denn los? Seit fast einem Monat finde ich keine Tiere mehr auf den Feldern und muss jede Nacht zu einer Verwandten fliegen, um nicht zu verhungern."

„Tja, seit dieser Zeit lebt hier in der Nähe ein großer Vogel, der aber nicht wie du nachts jagt, sondern bei Tageslicht sein Unwesen treibt. Deshalb sind wir auch bei deinem ersten Besuch so erschrocken, denn nach der Geschichte unserer Großeltern glaubten wir ja, wir seien sicher, wenn wir nur unsere grauen Kleider tragen, sobald wir unsere Löcher verlassen. Aber dann hat sich plötzlich dieser Vogel einfach nicht an die Regel gehalten und viele unserer Schwestern und Brüder gefangen und gefressen. Da wir dich nicht kannten und auch nicht wussten, dass du nur nachts auf Jagd gehst, dachten wir natürlich du hättest dein Versprechen gebrochen."

„Keine Bange, Eulen haben ein gutes Gedächtnis und halten sich immer an ihre Zusagen. Aber es ist schon seltsam, dass jetzt noch ein Vogel hier wohnt. Sicher wird es das Beste sein, wenn ihr auch weiterhin nur nachts auf die Felder geht. Ich werde einmal ein ernstes Wörtchen mit dem Friedensstörer reden, aber ob ich ihn davon überzeugen kann, keine Mäuse mehr zu jagen, weiß ich nicht. Wie heißt denn der Vogel?"

„Das wissen wir auch nicht. Keiner von uns hat je zuvor einen solchen Raubvogel gesehen."

Obwohl sie wahnsinnig müde war - denn der lange Flug, die Jagd und der Rückflug aus dem Gebiet ihrer Verwandten dauerte die ganze Nacht und war sehr anstrengend - blieb sie am nächsten Morgen auf.

Es rührte sich fast nichts in der Umgebung ihres Waldes. Unter dem Schutz der Bäume vergnügten sich zwar alle Tiere, die sonst auch da waren, aber auf den Feldern war, abgesehen von den Hunden der Menschen, absolute Ruhe. Gilas machte sich auf die Suche nach dem Vogel, der ihre Nahrung wegfraß und die Feldmäuse in Angst und Schrecken versetzte.

Sie brauchte einige Zeit, um sich an das Licht zu gewöhnen, aber von ihren Erlebnissen mit Sara hatte sie ja schon etwas Übung und außerdem hatte sie Glück, denn sie hatte einen ziemlich trüben Tag für ihre Suche erwischt. Trotzdem brauchte sie fast zwei Stunden, um den anderen Vogel zu finden. Und der war gerade dabei ein paar Mäuse, die offensichtlich noch nichts von der drohenden Gefahr gehört hatten, zu beobachten. Gilas nahm all ihren Mut zusammen, denn der Vogel war um Einiges größer als sie, und flog ihm mitten in die Kreise, die er am Himmel zog.

„Nun hör mal gut zu," sagte sie mit dem Selbstbewusstsein der Älteren und der Einheimischen, „so geht das nicht weiter. du lässt mir hier nichts zu Essen übrig und außerdem reißt du einfach meine Freunde, die Feldmäuse."

„Du spinnst wohl! Schließlich bin ich ein Mäusebussard, was soll ich denn sonst jagen? Und dies ist doch ein freies Land, da kann ich ja wohl jagen, wo ich will. Und außerdem habe ich dich noch nie gesehen."

„Ich bin Gilas, die Eule. Ich wohne hier seit vielen Jahren und plötzlich finde ich keine Nahrung mehr. Aber wir wollen nicht streiten. Ich mache dir einen Vorschlag, damit wir beide hier in Frieden leben können und beide genug zu essen haben. Weißt du, Freiheit ist eine schöne Sache, aber sie darf nicht auf Kosten der Anderen gehen. Also schlage ich vor, dass wir uns die alten, kranken und schwachen Tiere teilen. Wenn ich mein Gebiet ein bisschen ausdehne, komme ich damit gut aus. Und du kannst außerdem noch auf den Feldern einer meiner Verwandten tags einige Tiere fangen, falls du mit der Hälfte nicht auskommst. Das werde ich für dich aushandeln und dafür lässt du die Mäuse in Frieden. Zumindest die, die graue Kleider tragen. Die haben mir sehr geholfen und stehen unter meinem persönlichen Schutz. Na, was sagst du?"

Nach einigen Minuten und einigen weiteren Kreisen in der Luft antwortete der Mäusebussard: „Also gut, irgendwie hast du ja recht. Du warst zuerst da, und da muss ich mich wohl an deine Spielregeln halten. Aber das mit den Mäusen..."

„Ist absolute Bedingung," unterbrach Gilas, „ohne diese Regelung geht nichts. Ich werde alle vor dir warnen und dann bekommst du hier überhaupt nichts mehr zwischen die Fänge."

„Also gut, dann werde ich wohl einwilligen müssen. Sag mir morgen Bescheid, ob deine Verwandte einverstanden ist und der Vertrag ist besiegelt," sagte der Bussard und verschwand, um sich nach etwas Anderem zum Essen umzusehen, denn die Feldmäuse waren jetzt tabu.

So teilten sich Gilas, ihre Verwandte und der Bussard fortan alles, was ihre Felder und Wälder an Nahrungsmitteln für sie bereithielten. Das klappte besser als alle anfangs geglaubt hatten. Die Feldmäuse hatten ihre Ruhe und alle drei Vögel hatten ausreichend zu Essen.

Die Freundschaft entwickelte sich so gut, dass Gilas und ihre Verwandte schließlich sogar auf die Jungen des Bussards aufpassten, die, wie alle jungen Tiere, übermütig waren und auch in den frühen Morgenstunden oder am späten Abend noch ausfliegen wollten, wenn ihre Mutter von den Mühen des Tages bereits müde war. So konnte Gilas auf die Erziehung der Kleinen Einfluss ausüben und brachte ihnen von Anfang an bei, dass sie nicht nur keine Feldmäuse jagen durften, sondern auch die Eichhörnchen in Ruhe lassen sollten. Als sie noch ganz klein waren, stellte sie ihnen sogar einmal ein paar von Saras Verwandten vor.

Die Kleinen waren artig solange sie bei ihrer Mutter lebten und zogen nach einigen Monaten los, um sich eigene Reviere zu suchen. Gilas hoffte inständig, dass sie ihre Lektionen auch weiterhin befolgen und an ihre Nachkommen weitergeben würden.

Eine indische Verwandte

Es war einmal - viele Jahre bevor Aschenputtel ihren gläsernen Schuh auf der Treppe des Schlosses verlor - da wachte Gilas schon am frühen Abend auf. Es war noch hell. Das passierte ihr selten, normalerweise schlief sie nämlich wie alle Eulen bis die Sonne ganz hinter dem Horizont verschwunden war. Heute jedoch blieben ihr noch mindestens zwei Stunden Tageslicht. Und da sie Sara, ihre Eichhörnchen-Freundin, schon lange nicht mehr gesehen hatte, beschloss sie, sich auf die Suche zu begeben.

Natürlich, sie hätte auch nachts suchen können, ihre Augen waren gut genug, aber Sara und ihre Verwandten pflegten sich stets einen gut versteckten, sicheren Schlafplatz zu suchen. Schließlich waren nicht alle Eulen ihre Freunde. Obwohl das helle Sonnenlicht in ihren Augen stach, machte sie sich gleich auf den Flug. Es sollte ja wohl kein Problem sein, eine muntere Rasselbande spielender Eichhörnchen zu finden. Jetzt im Sommer hatten sie ja nichts anderes zu tun. Zum Anlegen der Wintervorräte war es noch zu früh, dachte Gilas, als sie mit einigen Flügelschlägen den kleinen Wald, in dem ihr Schlaf-platz lag, verließ und in Richtung Sonnenuntergang davonflog.

Doch da irrte die Eule. Sie flog gut zehn Minuten auf die Sonne zu und kehrte dann, in weiten Bögen fliegend, in die Nähe ihres Wäldchens zurück. So hatte sie nach einer Stunde ein beachtli-ches Gebiet abgesucht - von Sara und ihren Freunden keine Spur. Also flog Gilas an ihrem Wald vorbei nach Osten. Erneut zehn Minuten und mit dem Plan auf die gleiche Weise zurück-zufliegen, wie zuvor im Westen. Am Wendepunkt angekom-men, sah sie auf dem Feld einige der Mäuse, mit denen sie schon früher Freundschaft geschlossen hatte. Sie rief ihnen von weitem zu, damit sie nicht erschrecken würden, und landete auf dem Ast eines Haselnuss-Strauches, der am Feldrand stand.

„Sagt mal, habt ihr vielleicht die Eichhörnchen gesehen, die hier in der Nähe öfters spielen?" fragte Gilas.

„Nee, haben wir in den letzten Tagen nicht gesehen, aber wir kommen ja auch nicht besonders weit herum, wir sind ja immer nur auf diesem Feld. Aber falls du sie triffst, sag ihnen doch, sie sollen uns mal besuchen. Es würde uns großen Spaß machen, mal ein paar andere Tiere kennen zu lernen. Vielleicht kennen die ein paar Spiele, die wir gemeinsam spielen können," ant-wortete eine der jüngeren Feldmäuse, die, wie alle ihre Ver-wandten, ihr graues Feldkleid trug.

„Also gut, ich werde es ausrichten, falls ich sie noch treffe."

Gilas machte sich auf den Rückweg, doch nach der Hälfte der Strecke wurde es dunkel und sie gab es auf, ihre Freundin heute noch zu sehen. Mittlerweile würden die Eichhörnchen ihre Nachtlager aufgesucht haben und die Älteren würden sorgfäl-tigst darauf achten, dass keiner ihrer jüngeren Freunde mehr hinaus in die Dunkelheit ginge. Gerade in der Dämmerung, wenn es im Wald schon ziemlich finster, auf den Lichtungen aber noch ausreichend hell war, drohte große Gefahr von

Bussarden und anderen Raubvögeln, die gelegentlich tagsüber über den Wald flogen. Schade, sie hatte sich so gefreut. So trat Gilas ihre Nachtrunde an, kehrte aber viel früher zurück als sonst. Die Suche am frühen Abend hatte sie angestrengt und sie ging früh schlafen.

Am nächsten Abend erwachte sie abermals etwa zwei Stunden vor Sonnenuntergang. Wenn das kein Zeichen war. Sie machte sich sofort auf den Weg, begann aber diesmal im Osten die Suche. Im Westen, wo die Sonne unterging war es etwas länger hell und so würde sie vielleicht etwas mehr Zeit haben, Sara zu finden. Gedacht, getan. Wieder traf sie Feldmäuse. Und wieder hatten die nichts von den Eichhörnchen gesehen. Auch die Suche auf dem Rückweg war erfolglos. Enttäuscht und angespornt jagte Gilas über ihr Wäldchen hinweg nach Westen, drehte nach zehn Minuten um und begann erneut in langgezogenen S-Kurven zurückzufliegen. Besonders genau nahm sie den kleinen See in Augenschein. Vielleicht nutzten die Eichhörnchen den warmen Abend für ein kleines Bad. Aber wieder nichts.

Als sie die Augen einmal kurz vom Boden nach oben richtete, um zu sehen, wie lange die Sonne denn noch scheinen würde, sah sie im Augenwinkel irgendetwas auf sich zu kommen. Sicher wieder so ein Bussard, der hier tagsüber jagt. Aber sie hatte keine Lust auf Streit und in letzter Zeit hatte sie nicht bemerkt, dass keine Nahrung mehr für sie vorhanden war. Sie konnte also beruhigt weitersuchen. Sie war so vertieft in die Suche, dass es ihr vorkam als wäre das Geräusch der Flügel wie aus heiterem Himmel näher gekommen. Es war eine Eule, die sie zuvor gesehen hatte und die sich ihr jetzt bis auf wenige Meter genähert hatte.

„Na wer bist du denn?" rief Gilas der anderen Eule zu.

„Ich bin Rilashan Samor Koseristani," gab die Eule ebenso kurz angebunden zurück.

„Hä?" erwiderte Gilas sichtlich und hörbar verwirrt.

„Na gut, du kannst auch Tante Rila zu mir sagen."

„Das glaube ich nicht. Meine Tante Rila? Du müsstest doch weit weg von hier in Indien sein." antwortete Gilas, die nach wie vor nicht aus dem Staunen kam. „Hast du dort nicht mit einer großen Familie in der Nähe eines großen Flusses gelebt?" fragte sie nun, um herauszufinden, ob es sich wirklich um ihre Tante handelte, die einer alten Familiengeschichte zu Folge in jungen Jahren gefangen worden war und einem indischen Prinzen zum Geschenk gemacht wurde.

„Aber nein. Das musst du doch wissen, dass ich ganz alleine in Indien gelebt habe. Aber in einem hast du schon recht, der Ganges war ganz in der Nähe des königlichen Tierparks."

„Du bist es wirklich. Aber wie kommst du hier her? Wie bist du frei gekommen? Komm, wir setzen uns erst einmal da drüben auf einen Ast."

„Nun ja, der Prinz wurde älter und bekam auf allen seinen Reisen immer neue, immer interessantere Tiere geschenkt. Eines Tages kam er in den Park, in dem ein alter Yogi für unser Wohl sorgte und rief uns alle zu sich. Auch der weise Mann war dabei, denn er sprach alle Tiersprachen und musste übersetzen. Der Prinz erklärte uns, dass eine große Not über sein Land gekommen sei, denn es hatte lange nicht geregnet, und dass er es nicht vor seinem Volk verantworten könnte, uns mit großem Aufwand zu verpflegen, während seine Landsleute hungerten. Wir müssten also alle den Park verlassen und fortan selbst für unser Auskommen sorgen. Wir könnten selbstverständlich weiter den Park als Schlafplatz nutzen, er würde sich sogar sehr darüber freuen, aber füttern könne er uns nicht mehr."

„Ja aber ihr wart doch alle aus verschiedenen Ländern und spracht die Sprache der einheimischen Tiere nicht. Wie konntet ihr euch da durchschlagen."

„Das mit der Sprache ist ein großes Gerücht aller Eltern, die ihre Kinder vom Auswandern abhalten wollen. Die Menschen haben zwar verschiedene Sprachen und geben uns auch unterschiedliche Namen, wir Tiere aber verstehen uns überall. Aber natürlich war es nicht einfach, nachdem der Prinz alle Netze und Gitter rings um den Park hatte entfernen lassen. Denn die Jagdgebiete außerhalb waren aufgeteilt. Wir einigten uns alle mit unseren Nachbarn, schließlich war ja von jeder Gattung nur ein Tier im Park. So konnten wir in Frieden und spärlich aber ausreichend gespeist leben."

„Und dann? Was ist passiert? Warum musstest du fort?"

„Nun, der Hunger wurde immer schlimmer und viele Menschen starben. Auch die Tiere steckten sich an. Als eine der Eulen, die wie ich am Fluss jagte, an einer Ratte starb, die wohl krank gewesen war, war mir klar, dass ich jetzt besser gehen sollte. Die Ratten waren eines unserer Hauptnahrungsmittel. Ohne die würde es nie für alle Eulen reichen und da ich die Einzige war, die andernorts Verwandte hatte, beschloss ich zu gehen. Das ist gut acht Wochen her. Und jetzt bin ich wirklich sehr müde. Zeig mir doch wo dein Baum ist, dann gehe ich schlafen und morgen Abend können wir alles Weitere besprechen."

Gesagt, getan. Tante Rila schlief tatsächlich bis zum nächsten Abend, erwachte dann aber wie Gilas einige Zeit vor Sonnenuntergang. Gilas erzählte ihr kurz das Wichtigste über ihr Revier, und dass sie keine Mäuse in grauen Mänteln und schon gar keine Eichhörnchen essen dürfe.

„Aber wie hast du mich eigentlich gestern Abend gefunden?" fragte Gilas.

„Das war erstaunlich einfach. Ich wusste ja ungefähr in welcher Gegend du lebst. Und das dieses Wäldchen hier ein ausgezeichneter Schlafplatz ist, war mir auch klar. Ich bin also ein paar niedrige Kreise um und durch den Wald geflogen, als plötzlich eine Bande Eichhörnchen laut schreiend auf eine Lichtung rannte. Alle riefen 'Da kommt Gilas', 'Da kommt Gilas', 'Schaut mal Gilas ist da.' Du scheinst da ein paar ungewöhnliche Freunde zu haben. Aber da sie dich kannten, wollte ich ihnen nichts tun und fragte sie nach dem Weg zu dir. Sie erschraken ganz fürchterlich, als sie eine andere als die erwartete Stimme hörten, sagten mir aber, nachdem ich Ihnen kurz erklärt hatte, wer ich bin, sie hätten dich auch schon lange nicht gesehen, dein Schlafbaum sei aber irgendwo am östlichen Ende des Wäldchens, dort würde ich dich bestimmt finden."

„Das darf doch wohl nicht wahr sein. Eines der Eichhörnchen ist meine Freundin und nach der habe ich jetzt zwei Abende lang gesucht. Und da spielen die in meinem Wäldchen, wo ich natürlich zuletzt gesucht hätte."

„Tja, Gilas, so ist das mit euch Europäern. Unser weiser Pfleger im Tierpark hatte wohl Recht. Immer wenn einer von uns glaubte, die Gefangenschaft nicht mehr auszuhalten, und Pläne für eine Flucht machte, erzählte er uns die Geschichte von dem Falken, den der Prinz in Europa geschenkt bekam. Er lebte zwei Jahre im Gehege und fand dann einen Weg zu fliehen. Doch nach weiteren zwei Jahren kam er zurück. Natürlich hatte er die Freiheit genossen, aber das was er suchte, hatte er nicht gefunden. Der Falke wurde sehr alt im Kreise seiner Freunde im Tierpark. Ich habe ihn selbst noch kennen gelernt und er war eines der glücklichsten Tiere, das ich je kannte. Unser weiser Tierpfleger schloss seine Geschichte stets mit den Worten: 'Die Europäer vermuten das Glück in der Ferne, dabei ist es meist ganz nahe. Was ihr auch immer suchen möget, fangt bei euch selbst an, dann in eurer nächsten Umgebung und erst wenn ihr dort nicht fündig werdet, breitet eure Kreise aus.'"

Während Rila dies erzählte, kam ihr der Gedanke, dass sie selbst genauso gehandelt hatte wie der Falke. Sie ruhte sich noch einige Tage aus und flog zurück nach Indien. Viele Jahre später lernte Gilas eine von Rilas Töchtern kennen, die ihr berichtete, dass Rila sich wieder am Ganges niedergelassen hatte. Die Epidemie war glücklicherweise vorbei. Rila fand einen Mann und erzählte ihren Kindern oft die Geschichte von ihrer Nichte in Europa, die Eichhörnchen und Mäuse zu Freunden hatte.

Eine haarige Freundschaft

Es war einmal - Rotkäppchen hatte sich noch nicht auf den Weg zu ihrer Großmutter gemacht - da setzte sich Gilas, von einem langen Ausflug erschöpft, weit entfernt von ihrem heimatlichen Schlafbaum zur Tagesruhe. Die Sonne ging schon fast über den Wipfeln jenseits des kleinen Flusses auf, als sie den schönen Baum mit einem dicken Ast hoch droben gefunden hatte. „Hier ist es fast schöner als Zuhause," dachte Gilas, während das Plätschern des Flüsschens sie langsam in den Schlaf sang. Sie hatte ein paar anstrengende Tage hinter sich, denn sie hatte beschlossen, eine lange Reise nach Osten zu unternehmen und dort ein paar Verwandte zu besuchen, von denen ihre Mutter immer erzählt hatte. So war sie jetzt seit vier Tagen unterwegs. Besser gesagt seit vier Nächten, denn die Tage verbrachte sie natürlich schlafend. Sie hatte auf ihrer Reise schon einige schöne Plätze gefunden. Da sie nicht erwartet wurde, konnte sie sich Zeit lassen und sah sich überall auf dem Weg ausgiebig um. So war es auch heute. Als sie Stunden vor Sonnenaufgang unter sich das Rauschen eines Flusses hörte, ließ sie sich langsam in weiten Kreisen heruntersinken. Dann folgte sie dem Flusslauf, bis sie die wunderschöne Kiefer gefunden hatte, auf der sie jetzt saß. Die Stromschnellen unterhalb des Baumes glitzerten jetzt im ersten Tageslicht. Aber da Eulen in der Regel für die Schönheiten des Tages keine Augen haben, hielt sich Gilas nicht lange mit dem Anblick auf, schloss ihre Augen und fiel in tiefen Schlaf. Je weiter sie sich von Zuhause entfernte, desto besser schlief sie. Die vielen Kilometer, die sie jeden Tag zurücklegte, machten sie ganz schön müde.

Doch kaum war Gilas eingeschlafen, erhob sich ohrenbetäubendes Geschrei über dem kleinen Tal. Gilas riss die Augen auf, schloss sie aber sofort wieder, denn die Sonne schien direkt auf ihren Baum. Das war zwar ganz angenehm beim Schlafen, aber jetzt, als sie sehen wollte, woher der Lärm kam, blendete der helle Himmelskörper ihre an die Nacht gewöhnten Augen. Nur mit einem Auge blinzelnd krabbelte Gilas den Ast entlang, bis sie im Schatten war. Dort gewöhnte sie sich erst mal langsam an das Licht und versuchte durch gelegentliches Flügelschlagen ihren schon vom Schlaf beruhigten Kreislauf wieder in Schwung zu bringen. Sie konnte ja nicht wissen, was der Krach bedeutete und musste auf alles, auch Gefährliches, gefasst sein. Was immer es war, es hatte sie jedenfalls noch nicht entdeckt, als sie nach einigen Minuten richtig wach war und mit halb geschlossenen Augen aus der Sicherheit der hohen Kiefer das Tal nach dem Grund der Störung abzusuchen begann.

Und der war schnell entdeckt. Eine riesige braune Bärin versuchte die drei Wollknäule, die wohl ihre Kinder waren aus dem Eifer ihres Spiels zu reißen, um ihnen etwas Nützliches beizubringen. Das alles war Gilas natürlich im ersten Moment nicht klar. Sie wusste zwar aus den Erzählungen ihrer Großmutter, dass es in einigen Gegenden diese großen behaarten Tiere gibt, die von den Menschen Bären genannt werden, aber gesehen hatte sie einen solchen Bären noch nie. Und ihre Sprache konnte sie auch nicht verstehen. Klar war nur, dass die Kinder die ganze Zeit lachten. Was aber die Mutter ihnen laufend zurief, wusste Gilas nicht. Trotzdem hielt sie das Schauspiel in seinem Bann. Die kleinen tollten am Ufer des Flusses zwischen den

Felsen, während die Mutter mitten im Fluss zwischen den tosenden Stromschnellen stand und brüllte. Doch dann schien die Bärenmutter aufzugeben. Sie verharrte völlig reglos im Wasser, das sicher eiskalt war, und starrte gebannt auf dessen Oberfläche. Was mochte sie da sehen? Das wurde Gilas schlagartig klar. Genauso plötzlich wie sich die Bärin rührte. Mit einem Ruck bewegte sie ihren massigen Körper, drehte sich blitzschnell und warf irgend etwas aus dem Wasser mitten unter ihre spielenden Kinder. Das musste ein Fisch sein! Auch davon hatte Gilas schon gehört. Denn es gab ja auch einige Vögel, die Fische fingen. Aus ihrer Familie hatte es allerdings noch nie jemand versucht. Voller Freude über das kleine Frühstück unterbrachen die Bärenkinder ihr Spiel. Statt dessen begannen sie nun sich um den Fisch zu streiten. Die Bärin aber war in die gleiche Stille verfallen, die sie schon zuvor gezeigt hatte. Und schon flog der zweite Fisch durch die Luft, kurz darauf gefolgt von einem dritten. Damit waren die Kinder erst einmal ruhig gestellt und die Mutter verließ den kalten Fluss.

Kaum hatten die Kleinen ihre Fische verspeist, begannen sie ihr unterbrochenes Spiel fortzusetzen. Doch diesmal duldete die Mutter es nicht. Eins nach dem anderen warf sie ihre Kinder in den Fluss. Die Kälte schien ihre Gemüter zu beruhigen. Was nun folgte, war die kleine Grundschulung im Fischefang. Zuerst stellten sie sich ziemlich ungeschickt und tapsig an, doch nach einer guten Stunde hatte sich die ganze Bärenfamilie die Bäuche vollgeschlagen und es lagen sogar noch einige Fische auf dem Ufer, die die Kleinen in ihrem Übereifer an Land geworfen hatten. Einer der jungen Bären nahm zwar noch einen Fisch zwischen die Zähne als die Familie den Fluss verließ, aber es lagen immer noch zwei oder drei zwischen den Felsen.

Gilas überlegte nicht lange. Diese Chance, einmal einen Fisch zu probieren, konnte sie sich einfach nicht entgehen lassen. Und er schmeckte sagenhaft gut. Doch wie sollte Gilas die Fische aus dem Wasser bekommen. Sie konnte ja kaum im Wasser stehen und warten, bis ihr ein Fisch zwischen die Fänge schwamm, um dann mit ihm abzuheben. Wie machten das die anderen Vögel? Na, vielleicht wüsste die Bärin Rat. Gilas wollte jetzt erst einmal schlafen und dann noch einen Tag in der Nähe bleiben. Sicher würde die Bärenfamilie auch am nächsten Morgen wieder zum Fischen kommen und Gilas wäre nicht so müde und erschöpft. Dann würde sie sie fragen.

Gilas schlief lange in die Nacht hinein, fing ein paar leichtsinnige Mäuse, drehte ein paar Runden, um die Gegend zu erkunden und nahm dann wieder ihren Platz auf der Kiefer ein. Wie sie es erhofft hatte, tauchte die Bärenfamilie kurz nach Sonnenaufgang an dem Flüsschen auf. Die Kleinen begannen wie am Vortag zwischen den Felsen herumzutollen, doch als die Bärin ins Wasser ging, folgten sie ihr nach wenigen Minuten, ohne dass sie durch großes Geschrei dazu aufgefordert werden mussten. „Da habe ich aber Glück gehabt, dass ich gestern schon hier war, heute hätten mich die Bären bestimmt nicht geweckt. Das gestern war bestimmt der erste gemeinsame Fischzug der Familie," dachte Gilas. Schon flog der erste Fisch an Land.

„Hallo ihr Bären," rief Gilas aus dem sicheren Versteck ihres Baumes. „Ich bin hier oben in der großen Kiefer."

Die Kleinen waren blitzschnell hinter ihrer Mutter verschwunden, die sich auf die Hinterbeine stellte, und durch ein lautes Fauchen ihren ohnehin schon bedrohlichen Anblick noch unterstrich. Gilas verstand zwar nicht die genauen Worte, war sich aber sicher, dass die Bärin wissen wollte, wer sie da ansprach. Sie erhob sich - ein bisschen Angst hatte sie schon - von ihrem Ast und flog mit zwei Flügelschlägen auf einen großen Felsen am Flussufer. Mit gehörigem Sicherheitsabstand.

„Ich bin Gilas, die Eule," sagte Gilas, obwohl die Bärin bestimmt wusste, dass sie eine Eule vor sich hatte. Aber die Bärin war wenig beeindruckt von dieser Erklärung und fauchte weiterhin, als ob sie einen Feind verscheuchen müsste.

„Ich bin auf der Durchreise und habe euch gestern schon beim Fischen beobachtet. Könntet ihr mir das beibringen?"

Die kleinen Bären brachen in Gelächter aus. Das war zwar nicht nett, aber es zeigte, dass wenigstens sie Gilas verstanden. Schon redeten sie alle gleichzeitig auf ihre Mutter ein. „Stell dir vor, die Eule will das Fischen lernen." „Das geht doch nie." „Die ertrinkt doch sofort, wir können uns ja selbst kaum in der Strömung aufrecht halten." Ob die Bärin nur erkannt hatte, dass dieser kleine Vogel ihren Jungen nicht gefährlich werden konnte, oder ob die wirren Erklärungen der Kleinen sie beruhigt hatten; jedenfalls hatte sie ihre drohende Haltung aufgegeben und ihr Gebrüll beendet. Jetzt setzte sie sich auf einen Felsen, sichtlich in Gedanken versunken. Nach ein paar Minuten begann sie wild mit ihren Pranken fuchtelnd auf ihre Kinder einzureden. Dabei lief sie, mit beiden Armen auf und nieder schlagend, ins Wasser, platschte mit beiden Händen in den Fluss und hob sie fest aneinander gedrückt wieder empor. An dieser Stelle brach sie die Vorführung ab, stapfte an Land und redete auf ihre Kinder ein.

Damit war die Reihe an den jugendlichen Übersetzern. Doch die konnten zwar Gilas verstehen, aber leider auch nicht eulisch sprechen. Was zur Folge hatte, dass jetzt drei kleine Bären, die Gesten ihrer Mutter nachahmend, einer nach dem anderen in den Fluss sprangen. Ihre Erklärungsversuche gingen bald in schallendem Gelächter unter. Doch Gilas hatte schon so ungefähr begriffen, was zu tun war. Sie brauchte also nicht im Wasser stehen, sondern sollte auf die Oberfläche zufliegen. Das wollte sie jetzt doch mal probieren. Sie erhob sich von dem Felsen, machte einige Flügelschläge, glitt auf die Stromschnellen zu und platschte mit beiden Schwingen aufs Wasser. Weiter kam sie gar nicht. Denn während sie noch versuchte, die beiden Flügel unter der Oberfläche zusammenzubringen, begann sie schon zu sinken. Einer der kleinen Bären sprang ihr sofort zur Hilfe, doch da hatte Gilas sich schon mit ihren Fängen an einem Stein festhalten können und bekam die Flügel aus dem Wasser. Mit kräftigen Schlägen schüttelte sie das Wasser aus ihrem

Gefieder. Der kleine Bär stob erschreckt davon - mit voll ausgestreckten Schwingen war die kleine Eule doch viel größer als vorhin auf dem Felsen.

Gilas hatte unterdessen wieder am Ufer Platz genommen. Und sie hatte eine Idee, wie ihr Fischzug erfolgreich sein konnte. Der Stein, der sie vorher vor dem Ertrinken gerettet hatte, brachte sie darauf. Sie musste nur ihre Krallen in den Fluss strecken, um einen Fisch greifen und festhalten zu können. Den Rücken zur Sonne gewendet, ließ sie kurz ihre Federn trocknen, während einer der kleinen Bären ihren ersten Versuch nachahmte - begleitet vom schallenden Gelächter der anderen als er mit beiden Armen ins Wasser patschte und umgehend in den Fluten untertauchte. Gilas würde es ihnen schon zeigen. Sie erhob sich erneut, drehte ein paar Kreise, der Bär hatte sich trocken geschüttelt und war schnell ans Ufer geeilt. Sie ließ sich mit hohem Tempo nach unten fallen, breitete wenige Meter über dem Wasser ihre Schwingen aus und flog in einem Bogen so über die Oberfläche, dass sie gerade ihre Fänge ins Wasser strecken konnte. Das hatte gut geklappt und sie probierte es noch einige Male. Schließlich hatte Gilas den Anflug so gut eingeübt, dass sie mit dem Bauch schon fast das Wasser streifte. Wenn es unter Bären Brauch gewesen wäre, mit den Pranken zu klatschen, hätten sie es bestimmt getan. Doch Gilas konnte auch so ihre Bewunderung erkennen. Jetzt musste sie nur noch einen Fisch fangen, sonst wären alle Flugkünste umsonst. Sie stieg auf, wartete, bis sie einen der Fische unter der ruhigen Oberfläche oberhalb der Stromschnellen sah und stieß dann herab. Doch schon als ihre Fänge das Wasser berührten, sah sie, dass der Fisch die Richtung geändert hatte und nicht mehr zu erreichen war.

So versuchte sie es noch ein paar Mal, bis sie bemerkte, dass die Fische immer dann flüchteten, wenn ihr Schatten über ihnen auftauchte. Beim nächsten Mal achtete sie auch darauf und nachdem sie niedriger anflog, um schneller ihr Ziel zu erreichen, fing sie tatsächlich ihren ersten Fisch. Den bekam der kleine Bär, der versucht hatte, sie aus dem Wasser zu retten. Dann bekamen seine Brüder je einen und schließlich auch die Mutter.

„Vielen Dank ihr Bären," sagte Gilas. „Ich hätte nicht geglaubt, dass ich einmal das Fischen lernen würde. Ihr habt mir sehr geholfen. Ihr wisst ja sicher, dass wir Eulen tagsüber lieber schlafen. Und nach dieser Anstrengung bin ich jetzt doch sehr müde. Es ist ja schon fast Mittag. Ich wünsche euch noch einen schönen Tag. Sagt bitte eurer Mutter vielen Dank für ihre Hilfe. Ich werde mir heute abend noch einen Fisch fangen und dann will ich weiterziehen zu meinen Verwandten im Osten. Aber auf dem Rückweg komme ich ganz bestimmt wieder bei euch vorbei. Also, gute Nacht."

Ein kurzer Ausbruch

Es war einmal vor vielen, vielen Jahren - die sieben Zwerge stellten gerade staunend fest, dass jemand von ihren Tellerchen gegessen hatte - an einem wunderschönen Sommerabend, als Gilas in der Nähe des Dorfes ein seltsames Tier traf. Es war nicht viel größer als ein Eichhörnchen, hatte aber keinen Schwanz und viel längere Haare. Mit so vielen Haaren hätte das Tier sicher nicht geschmeckt. Was ihm aber wirklich das Leben rettete, war die Farbe der Haare. Sie hatten genau den gleichen rötlichen Braunton wie Saras Fell. Mit dieser Erinnerung, mit diesem Bild vor dem geistigen Auge konnte Gilas, die schon leise an das ahnungslose Fellbündel heranschwebte, ihre Krallen natürlich nicht ausfahren. Sie landete auf einem Ast einer kleinen Kiefer. Durch das Rascheln der Zweige aufgeschreckt, rannte das Tierchen sofort los, prallte aber in der völligen Finsternis des Waldes gegen den nächsten Baum und entschloss sich daraufhin offensichtlich, sich seinem Schicksal zu ergeben, denn es verharrte, wie leblos, direkt neben dem Baumstamm.

„Hab keine Angst," sagte Gilas ganz leise, um das possierliche Tierchen nicht zu erschrecken, „ich sitze hier oben im Baum. Ich bin Gilas, die Eule, aber ich werde dir nichts tun. Kannst mir ruhig vertrauen. Ich kenne viele Eichhörnchen, die können alle bestätigen, dass ich ganz friedlich bin. Aber wer bist du? So ein Tier, wie dich habe ich noch nie gesehen und ich bin schon ganz schön herumgekommen."

„Ich bin ein Meerschweinchen." Mit zitternder Stimme und leichtem Stottern antwortete das Meerschweinchen. „Ich heiße Tommy, so nennen mich jedenfalls die Menschen, bei denen ich bis heute Morgen lebte. Aber damit ist jetzt Schluss, der Name hat mir sowieso nie gefallen." Seine Stimme wurde langsam kräftiger und das Stottern verschwand völlig. Tommy kam richtig ins Erzählen. „Heute Morgen bin ich weggelaufen. Ich wollte endlich etwas Aufregendes erleben. Nicht immer nur im Haus oder Garten sein und nicht mehr in einem Käfig übernachten müssen."

„Das kann ich gut verstehen," antwortet Gilas, die schon öfter gehört hatte, dass die Menschen ihre Tiere in Gitterkörben gefangen hielten, „aber wo willst du denn jetzt hin? Du hast doch bestimmt keine Verwandten hier. Hast du denn wenigstens eine kleine Höhle für die Nacht gegraben, in der du übernachten kannst? Du hast eigentlich schon ganz schön Glück gehabt, dass du den ganzen Tag hier draußen lebend überstanden hast. Manchmal jagen hier nämlich Bussarde und die sind wesentlich gefräßiger als ich es bin."

„Ach, gibt es die wirklich? Ich dachte das sein eine Erfindung, meiner Menschen, um mich vom Weglaufen abzuhalten. Nun, um ganz ehrlich zu sein, ich weiß gar nicht, wie man eine Höhle gräbt. Und zu Essen hatte ich auch noch nichts. Ich habe nämlich nichts gefunden, was so riecht, wie das Futter, das mir meine Menschen immer geben."

„Scheint, du hättest genug Abenteuer erlebt."

„Ja, wirklich, ich wünschte, ich wüsste, wie ich wieder nach Hause komme. Aber bei der Finsternis werde ich den Weg nie finden. Am besten, ich bleibe hier, bis es hell wird."

„Ich habe eine bessere Idee. Hier draußen ist es ziemlich gefährlich. Morgen könnten dich die Bussarde entdecken und sicher machen sich deine Menschen auch Sorgen um dich. Schau mal nach oben. Kannst du mich sehen?"

„Ja, gegen das Mondlicht kann ich dich gut erkennen," antworte-te Tommy, der bislang nicht gewagt hatte, Gilas anzuschauen, „Du bist ja riesig." Schon klang seine Stimme wieder ängstlicher.

„Das ist in diesem Fall gar nicht schlecht, um so besser kannst du mich im Auge behalten. Pass auf, wir machen das so. Ich fliege ganz langsam voraus und du läufst mir nach. Wenn du mich nicht mehr siehst, rufst du so laut du kannst meinen Na-men. Dann komme ich zu dir zurück und wir nehmen das näch-ste Stück des Weges in Angriff."

„Also gut, aber du weißt doch gar nicht, wo ich wohne."

„Na mit deinen kurzen Beinen wirst du nicht weit gekommen sein und die nächsten Menschen wohnen unten am Bach - stimmt's?"

„Ja genau. Also los."

„Gilas!"

„Ja, ich bin schon da. Komm weiter."

„Gilas!"

So hallte noch einige Male Gilas' Name durch die Nacht. Schließlich hatte das ungleiche Paar den Waldrand hinter sich und war schon ein gutes Stück auf dem Weg zum Haus vorangekommen. Gilas wartete auf einem Zaunpfahl - auch so eine menschliche Unsitte, alles einzuzäunen, dachte sie noch - auf Tommy. Als er sie erreicht hatte, sagte Gilas: „Also, ab hier findest du sicher alleine zurück. Im Haus brennt noch Licht und manche Menschen mögen keine Eulen und schießen sogar auf sie. Du brauchst aber nur diesem Weg zu folgen. In der Nähe des Hauses ist das Getreide schon geerntet und wenn du dich aufrichtest, kannst du zwischen den Stoppeln dein Zuhause sehen. Ich werde hier warten, ob du auch sicher heimkommst. Mach's gut."

„Vielen Dank, Gilas. Ich weiß nicht, was ich ohne dich gemacht hätte. So bald werde ich keine Ausflüge mehr unternehmen. Eigentlich habe ich es hier doch ganz gut."

Wie versprochen wartete Gilas noch, bis sie am helleren Schein des Lichtes erkannte, dass die Menschen die Tür geöffnet hatten. Als sie abflog, hörte sie noch ein kleines Mädchen rufen: „Tommy, da bist du ja endlich. Wo hast du nur den ganzen Tag gesteckt?"

Ob Tommy von seinem Erlebnis erzählte und ob die Menschen ihm die Geschichte von der hilfsbereiten Eule glaubten, ist leider nicht überliefert. Aber wenn Tommy nicht gestorben ist, lebt er noch immer bei seinen Menschen und spielt mit dem kleinen Mädchen, das ihn so vermisst hatte.

Eiskalte Hühnereier

Es war einmal vor vielen, vielen Jahren - das tapfere Schneiderlein übte noch mit zwei Fliegen - im Herbst. Ein warmer Tag neigte sich langsam dem Ende entgegen und Gilas schlief auf ihrem Lieblingsbaum, da packte eine große Unruhe die Eichhörnchen. Sara und ihre Freunde spielten, wie so oft, ausgelassen auf einer kleinen Lichtung und noch war nirgends ein Grund für die überraschende Panik zu erkennen. Kein Bussard war am Himmel aufgetaucht und keines Menschen Schritte hatten die Eichhörnchen erschreckt.

Trotzdem flüchteten alle plötzlich von der Lichtung und versteckten sich in ihren Nachtquartieren. Saras ältester Bruder blieb noch eine Weile in einer hohen Tanne am Rande der Lichtung, um Ausschau zu halten. Als Ältester hatte er die Verantwortung für die Gruppe bis die Eltern von der Futtersuche zurückkommen würden. Sie ließen nicht lange auf sich warten. Kaum waren sie in Sichtweite, da riefen sie auch schon: „Los, komm sofort da runter und versteck dich bei den anderen."

Und jetzt war auch schon der Grund für die ganze Aufregung zu sehen. Knapp über dem Horizont war, wie mit dem Lineal gezogen, eine schwarze Gewitterfront heraufgezogen. Die schwarze Kante kam dem Wäldchen ganz langsam, aber unaufhaltsam, immer näher. Die Eichhörnchen verkrochen sich noch tiefer in ihren Bauten. Die Stille war unheimlich. Kein Tier war mehr zu hören. Nicht einmal die Wildschweine, die sich sonst vor nichts fürchteten. Alle hatten sich ein sicheres Plätzchen gesucht.

So erwachte auch Gilas erst, als der erste Blitz ganz in ihrer Nähe einschlug. Natürlich hatte sie nicht der Blitz sondern der Donner geweckt. Aber der folgte so schnell, dass der vom Blitz getroffene Baum noch nicht einmal zu wanken begonnen hatte, als der unvorstellbar laute Knall die Stille abrupt beendete. Gilas riss die Augen auf, war geblendet und wollte trotzdem instinktiv auffliegen. Doch da fiel der beschädigte Baum bereits, streifte den Ast, auf dem Gilas saß und fiel krachend zu Boden. Die Eule war noch um ihr Gleichgewicht bemüht, als das nächste Kapitel der Katastrophe seinen Lauf nahm. Eisbrocken, größer als Hühnereier und bestimmt doppelt so schwer, fielen vom Himmel. Gilas hatte als Kind von ihren Eltern gelernt, dass Hagel zu den bösesten Feinden aller Vögel gehört. Deshalb hatte sie sich ja auch einen Schlafplatz gesucht, bei dem ein Ast sie, wie ein Dach, vor dieser Gefahr von oben schützte. Der war allerdings von dem umstürzenden Baum abgerissen worden. Und gegen die kalten Geschosse dieser Größe hätte er wohl ohnehin kaum Schutz geboten.

So war das Unheil unvermeidlich. Gilas wurde von einem Hagelkorn am Kopf getroffen und fiel bewusstlos von ihrem Ast.

Gilas wachte erst Stunden später auf. Der ganze Spuk war vorbei. Doch sie konnte ihren rechten Flügel nicht anheben. Sie musste sich beim Sturz oder beim Aufprall gestoßen haben. Es schmerzte höllisch. Mit ihrem Schnabel prüfte sie den Flügel. Gebrochen war wohl nichts. Aber sie konnte hier ja nicht sitzen bleiben und warten, bis ihr etwas zu Essen vor den Schnabel laufen würde.

Als das Gewitter vorbei war, hatte die Nacht begonnen und die Eichhörnchen blieben gleich in ihren Nachtquartieren. Am nächsten Morgen begaben sie sich bei Sonnenschein auf die Suche nach ihrem Frühstück. Die ganze Familie hatte das Unwetter gut überstanden und so freuten sich die Jüngeren unter ihnen über all die umgefallenen Bäume, die ausgezeichnete Verstecke boten und zum Spielen geradezu einluden. So hetzten sie sich quer durch den Wald.

„Hey, kommt schnell her," rief plötzlich Saras Bruder, der damit sein hervorragendes Versteck preisgab. Doch das Spiel war jetzt unwichtig. „Hier liegt Gilas auf dem Boden und kann nicht fliegen." Schnell hatten sich alle um die verletzte Eule geschart.

Sara übernahm das Reden. „Was ist dir denn passiert?"

„Mich hat das Gewitter überrascht. Ein Hagelkorn hat mich am Kopf getroffen und als ich bewusstlos von meinem Ast fiel, habe ich mir den Flügel verletzt."

„Lass mal sehen," sagte Sara und war schon dabei den Flügel, den Gilas unter großen Schmerzen ausgebreitet hatte, genau zu untersuchen.

„Gebrochen ist jedenfalls nichts. Aber an der Schulter hast du eine dicke Schwellung."

„Ich weiß, aber Fliegen werde ich trotzdem für einige Zeit nicht können."

„Mach dir mal keine Sorgen, wir werden dich schon nicht verhungern lassen. Also los Freunde, lasst uns Gilas etwas zu Essen besorgen," wandte sich Sara an ihre Gefährten und bevor

Gilas noch irgend etwas einwenden konnte, waren sie auch schon zwischen den Tannen verschwunden.

Lange waren sie nicht unterwegs gewesen. Jedes hatte eine Nuss, Eicheln oder Bucheckern mitgebracht. Besser als gar nichts, dachte sich Gilas, während Sara die mitgebrachten Speisen vor sie hinlegte - die anderen trauten sich denn doch nicht, so direkt vor den Schnabel der Eule. Die Nüsse knackten die Eichhörnchen für sie. Die schmeckten sogar ganz gut. Die Eicheln hatten allerdings einen bitteren Beigeschmack.

„Jetzt wäre ein bisschen Wasser nicht schlecht."

„Aber wie sollen wir dir denn Wasser bringen?"

„Schaut mal, da drüben im Schatten liegen noch einige der Hagelkörner herum. Ihr müsst nur hier direkt vor mir ein kleines Loch graben und dann einige der Eisstücke hineinlegen. Hier in der Sonne schmelzen die schnell. Und legt das Loch vorher mit einigen Blättern aus, dann versickert das Wasser nicht so schnell."

Die Arbeit des Lochgrabens musste Sara ganz alleine erledigen - die anderen hatten nach wie vor Angst. Gesagt, getan. Gegessen und getrunken. Nüsse und Bucheckern waren zwar keine Mäuse, aber täglich kam Gilas mehr zu Kräften. Nach vier Tagen konnte sie den Flügel heben und nach einer Woche überraschte sie die Eichhörnchen, indem sie eines morgens zu deren Nachtlager flog.

„Hallo! Guten Morgen! Schaut, ich kann wieder fliegen. Ich weiß gar nicht, wie ich euch danken soll. Ohne eure Hilfe hätte ich bestimmt verhungern müssen. Falls ich mich irgendwann einmal revanchieren kann, ihr wisst ja, wo ihr mich findet. Mein neuer Schlafplatz liegt nur ein paar Bäume vom alten entfernt. Also kommt nur, wenn ich irgend etwas für euch tun kann." Während Gilas das sagte, flog sie wild und ausgelassen einen Kreis nach dem anderen über der kleinen Lichtung.

„Sara, wie wär's mit einem kleinen Rennen. Ich hab große Lust, meine neuen Kräfte zu erproben."

Sara hielt sich nicht lange mit einer Antwort auf und rannte sofort los. Als sie schon die andere Seite der Lichtung erreicht hatte, rief sie noch schnell, „Bis zum Waldrand" bevor sie zwischen den Bäumen verschwand. Und dieses Mal gewann das Eichhörnchen das Rennen mit einigem Vorsprung.

„Ganz so fit bist du wohl doch noch nicht."

Gilas begleitete ihre kleine Freundin noch zurück zu ihren Freunden und flog dann zu ihrem Baum - schließlich war es schon heller Vormittag.

„Warte nur, morgen bin ich wieder schneller," dachte sie beim Einschlafen.

Doch am nächsten Morgen konnte sie die Eichhörnchen nicht finden. Sie waren wohl wieder einmal weitergezogen.

Auf der Flucht

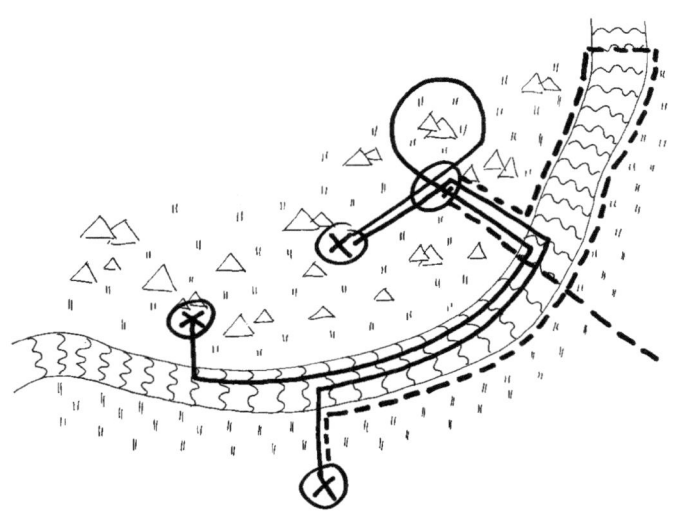

Es war einmal vor vielen, vielen Jahren - einige Wochen bevor der Bär das erste Mal an die Hüttentür von Schneeweißchen und Rosenrot klopfte - an einem Spätnachmittag. Gilas wurde durch einen Mordsradau aus ihrem Schlaf gerissen. Sie hatte sich einen Schlafplatz tief im Wald gesucht. Und da die Sonnenstrahlen ihren Baum nicht mehr erreichten, hatten sich ihre Augen schnell an das ungewohnte Licht gewöhnt. Direkt unter ihrem Baum stand eine Wildsau, die keuchte, als ob sie gerade einen Marathonlauf absolviert hatte. Dieser Eindruck traf die wirklichen Geschehnisse ziemlich genau, denn in der Ferne hörte Gilas nicht nur eine Horde Menschen, die sich mit Getöse einen Weg durch den dichten Wald bahnte, sondern auch - etwas lauter und näher - das Gekläffe einiger Hunde.

Gilas war also Zeuge einer Wildschweinjagd. Wäre da nur ein Mensch mit bloßen Händen hinter der Sau her gewesen, hätte die Eule vielleicht einfach nur gespannt dem fairen Kampf der beiden zugesehen. Aber ein ganzer Jagdtrupp und dann noch die Hunde, diese Verräter ihren tierischen Freunde, das war etwas Anderes. Doch wie konnte sie der Wildsau helfen? Die Hunde waren verdammt schnell und hatten gute Nasen; die Sau war jetzt schon, trotz der Pause, ziemlich erschöpft und die Menschen hatten gemeine Waffen. Neuerdings benutzten sie kleine Speere, die sie mit Hilfe eines zweiten Stockes schneller schleuderten als ein Hase laufen konnte - das hatte Gilas einige Wochen vorher gesehen und daraufhin beschlossen, nicht mehr direkt am Feldrand zu übernachten, wie sie es früher gerne getan hatte. Dort konnte sie zu leicht entdeckt und selbst zum Opfer werden.

Während die Gejagte noch immer heftig keuchte und nach Luft rang, überlegte die Eule, wie sie wohl am besten die Verfolger würden abschütteln können. Im Geiste ging sie alle Fluchtwege durch. Schließlich hatte sie den schnellsten Weg zu einem flachen Bach in der Nähe gefunden. Am Näherkommen des Gebells hatte sie schnell festgestellt, dass es für die Flucht reichen müsste. Aber jetzt war es höchste Zeit zu handeln.

„Hey du da unten. Frag jetzt nicht lange. Ich kann dir helfen. Du musst mir nur nachlaufen." Und so ging die wilde Hatz los. Gilas flog ganz niedrig, damit die Wildsau sie nicht aus den Augen verlöre. Ab und zu ließ sie sie anhalten und zu Atem kommen. Diese Zeit nutzte Gilas, um über die Wipfel aufzusteigen, die eingeschlagene Richtung zu überprüfen und zu hören, wie nahe die Hunde ihnen gekommen waren. Beim dritten oder vierten Stopp waren die Verfolger nur noch einige hundert Meter entfernt. Gilas stürzte wieder nach unten, rief „los komm" und flog weiter. Gilas flog so schnell sie konnte und war schließlich fast überrascht, als die Wildsau nahezu gleichzeitig den Bach erreichte. Sie musste ihre letzten Kraftreserven genutzt haben. Aber noch waren sie nicht in Sicherheit.

„So, da musst du rein und dann so schnell wie möglich flussabwärts. Ich werde hier warten, bis die Hunde kommen und dann zu dir fliegen, um dir zu sagen, wohin sie laufen." Gut, dass die Eule den Bach so gut kannte. So wusste sie, dass flussabwärts die Ufer auf einer langen Strecke ganz flach waren, während in der anderen Richtung steile, felsige Ufer für die Wildsau ein unüberwindbares Hindernis dargestellt hätten. Das würden sicher auch die Hunde wissen, die jetzt am Ufer angekommen waren und sich, nachdem sie kurz ihre Schnauzen in den Wind gehalten hatten, in die gleiche Richtung wie ihr Opfer wandten.

Also schnell hinter der Sau her, die natürlich im Wasser nur langsamer voran kam als die Hunde, die ihr am Ufer folgten.

„Hey, sie kommen am rechten Ufer. Schnell nach links raus aus dem Bach. Dann läufst du so weit in den Wald, dass du den Bach nicht mehr siehst. Dann flussaufwärts bis zur letzten Biegung des Baches und dort wartest du wieder auf mich. Ich werde dich schon finden."

Die Flucht ging weiter, während Gilas auf das Eintreffen der Hunde wartete. Was mochte sie nur veranlassen, sich zum Diener der Menschen zu machen. Sie waren doch viel geschickter, schneller und hatten die besseren Nasen. Na, jedenfalls liefen sie, wie Gilas es gehofft hatte, trotz der guten Nasen an der Stelle vorbei, an der Gilas' Schützling das Wasser verlassen hatte. So rannten sie noch ein gutes Stück weiter, bevor sie, offensichtlich enttäuscht, anhielten und unter gelegentlichem Gekläff auf ihre Menschen warteten. Als diese einige Zeit später eintrafen, berieten sie einige Minuten und teilten sich dann in zwei Gruppen. Die eine durchquerte mit der Hälfte der Hunde den Bach und beide Gruppen zogen mit ständigem Sichtkontakt wieder flussaufwärts.

Gilas startete sofort, um die Wildsau zu warnen. Auf dem Weg machte sie bereits den Plan für das nächste Ausweichmanöver. Was sie dann dem Wildschwein vorschlug, war zwar gefährlich, aber allemal ein guter Plan. Wenn sie schnell genug waren, würden sie so ihre Verfolger endgültig abschütteln können. Die Sau war einverstanden, denn sie hatte sich zwischenzeitlich ausruhen können und war bereit, nochmal einen anstrengenden Lauf auf sich zu nehmen. Unter Gilas' Führung, die nur von kurzen Flügen zu den Jägern unterbrochen wurde, lief sie ihrer eigenen Spur folgend zurück zu der Stelle, an der sie sich zuvor flussaufwärts gewandt hatte. Hier liefen sie geradeaus weiter, dann einen weiten Kreis, so dass sie schließlich wieder an der selben Stelle angelangt waren. Damit hatten sie eine richtige Kreuzung der Spuren erzeugt. Jetzt kam der spannende Teil. Auf dem Weg zum Fluss, wieder auf der Spur von vorhin, näherten sie sich natürlich den Verfolgern wieder. Gilas kontrollierte jetzt häufiger das Näherkommen des Jagdtrupps. Und immer wieder trieb sie die Wildsau zur Eile an. Allerdings nur bis sie den Bach erreicht hatten. Denn ab dort kam es darauf an, möglichst leise der Strömung entgegen zu waten, damit die Sau nicht womöglich durch lautes Geplatsche ihren Standort verraten würde. Sie gingen gemeinsam flussaufwärts, an der Stelle vorbei, an der sie anfangs ins Wasser gegangen waren, stiegen nach hundert Metern wieder auf der gegenüberliegenden Seite aus dem Fluss und liefen noch einige Meter in den dichten Wald. Dort konnte Gilas die Wildsau wieder alleine lassen, um zu sehen, ob die Verfolger auf ihren Trick hereingefallen waren.

Wie erwartet hatten die Hunde die Spur neben dem Bach entdeckt. Als Gilas dazu kam, hatte die Jagdgesellschaft gerade die Kreuzung der Spuren erreicht und wusste nicht weiter. An ihren Gesten konnte Gilas erkennen, dass sie sich nicht einig waren, welche Richtung sie einschlagen sollten. Die Hunde waren dabei auch keine große Hilfe. Im Gegenteil, mal zogen sie in die eine Richtung mal in die andere, und die wenigen Spuren, die die Sau hinterlassen hatte, waren schnell völlig niedergetrampelt. Ganz abgesehen davon, dass es langsam etwas dunkler wurde und die Menschen im Zwielicht des dichten Waldes die Spuren nicht mehr richtig erkennen konnten. Schließlich schlugen sie wieder den Weg zum Bach ein, überquerten ihn und verschwanden auf der anderen Seite im Wald. Sie hatten tatsächlich aufgegeben und machten sich auf den Rückweg zu ihrem Dorf.

„So, die sind wir endgültig los. Jetzt aber erst mal Hallo." Gilas fand die Sau genau dort, wo sie sie zurückgelassen hatte. „Das war ja eine aufregende Flucht. Wie heißt du eigentlich?"

„Hab vielen Dank für deine Hilfe. Ohne dich hätte ich das bestimmt nicht geschafft. Ich bin Halan. Und du? Wem verdanke ich meine Rettung?"

„Ich bin Gilas, die Eule. Aber wie kommt es, dass ich dich noch nie hier getroffen habe? Ich bin schon eine ganze Weile in diesem Wald, aber dir bin ich noch nie begegnet."

„Ich wohne ja auch gar nicht hier, sondern in dem Wald auf der anderen Seite der Felder. Die Menschen haben mich den ganzen Weg über die Felder gejagt, bevor ich dich hier traf."

„Und wie haben die dich aufgestöbert? Jagen die dir denn oft mit ihren Hunden hinterher?"

„Oh nein, da war ich schon selbst schuld. Ich war so unvorsichtig mir vor Sonnenaufgang auf ihren Feldern etwas zu Essen zu holen. Die Menschen haben da nämlich so eine eigenartige Pflanze, die mir wahnsinnig gut schmeckt. Ich glaube, da du mir das Leben gerettet hast, kann ich dir ruhig davon erzählen. Wenn du willst, zeig ich sie dir. Als kleines Dankeschön."

„Hast du denn noch nicht genug? Willst du denn gleich wieder gejagt werden? Erzähl mir einfach, wo ich die Pflanze finde und bleib erst mal hier, bis es richtig dunkel ist."

„Die Menschen bauen sie auf ihren Feldern an. Ich bin erst darauf gekommen, dass es sich um gute Nahrung handelt, als ich sah, wie sie das Grüne der Pflanzen weggeworfen und die

Wurzeln, die wie Knollen aussehen, ausgegraben und in ihre Häuser mitgenommen haben. Du musst also schauen, wo die Menschen tagsüber ernten und dann am besten nachts selbst dorthin gehen und dir ein paar Knollen ausgraben."

„Etwas zum Essen, das man ausgraben muss? Davon habe ich ja noch nie gehört. Aber sieh dir mal meine Krallen an, damit kann ich doch gar nicht graben. Ich glaube, das ist nichts für mich."

„Aber nein. Am besten wir warten, bis es dunkel ist, dann setzt du dich auf meinen Rücken und ich zeige dir, wo es die Knollen gibt und wie du sie ausgräbst. Und wenn das wirklich nicht geht, findest du bestimmt einige kleinere Knollen, die von den Menschen liegen gelassen wurden. Sie nehmen nämlich nur die Großen. Und du bist ja viel kleiner als ich, da wirst du sicher auch von den Kleinen satt. Wirst schon sehen, die schmecken echt toll."

Genauso machten es Gilas und Halan dann auch, als es richtig dunkel geworden war. Das Graben war leichter als gedacht und die Knollen schmeckten wirklich ziemlich gut. Als Halan sich schließlich verabschiedete, um in ihrem Wald jenseits der Felder ihr Nachtlager aufzusuchen, hatte Gilas nicht nur eine neue Freundin gewonnen, die sie sicher noch einige Male beim „Knollenessen" treffen würde, sondern auch noch eine zusätzliche Nahrungsquelle gefunden und darüber hinaus erfahren, wie es ist, gejagt zu werden.

Der frierende König

Es war einmal vor vielen, vielen Jahren - so etwa um die Zeit, als der Rattenfänger in Hameln die Kinder entführte - an einem kalten Spätwinterabend. Gilas fühlte sich mal wieder sehr alleine. Ein seltsames Gefühl für eine Eule, denn die leben eigentlich immer alleine. Aber vielleicht war es auch diese Sonderlichkeit, die Gilas zu einer besonderen Eule machten. Und vielleicht war es ja gerade dieser Umstand, der ihre Erlebnisse erzählenswert machte.

Gilas kehrte gerade von ihrem Rundflug zurück, den sie jeden Abend nach dem Aufstehen unternahm, um zu sehen, ob in ihrem Revier alles in Ordnung ist. Kaum hatte sie sich auf ihrem Lieblingsbaum mit Blick über die angrenzenden Felder, die schneebedeckt ganz phantastisch im Mondlicht schimmerten - fast wie große Seen - niedergelassen, als ein fürchterliches Geräusch die Stille des verschneiten Waldes zerriss. Der Lärm schien sogar einige der mächtigen Bäume zu erschrecken; jedenfalls warfen sie einen Teil ihrer Schneelast ab, als ob sie zitterten. Gilas drehte sich schnell dem Wald zu, doch konnte sie nicht erkennen, woher der Laut gekommen war.

Doch lange sollte sie nicht rätseln. Denn während das Geräusch erneut ertönte, trat, mit weit geöffnetem Mund, sein Verursacher unter einer Tanne hervor. Es musste irgendein Tier sein, denn es bewegte sich, erneut Mark erschütternd brüllend, auf vier Beinen fort. Aber was für ein Tier? Gilas hatte noch nie ein solches gesehen oder in ihren Gesprächen mit anderen Waldbewohnern darüber reden gehört. Seine Haare waren ganz hell und um den Kopf herum viel länger als am übrigen Körper. Seine Füße hinterließen Spuren im Schnee, die fast so groß wie die von Bären waren. Seine Art zu gehen erinnerte jedoch eher an die Wölfe, die Gilas in einem besonders kalten Winter vor einigen Jahren kennen gelernt hatte.

Na, das sollte sich doch herausfinden lassen. Schließlich war es jetzt schon ziemlich finster und da hatte Gilas ja den Vorteil, dass sie besser sehen konnte als alle anderen Tiere. Aber wer konnte wissen, welche Eigenschaften dieses Tier außer seinem fürchterlichen Gebrüll noch hatte? Also vorsichtig. Gilas hob ab und flog ganz nah an dem Tier vorbei. Es reagierte fast überhaupt nicht. Fast, denn es schrie wiederum ganz fürchterlich. Nein, ein Wolf konnte es nicht sein, die heulten ganz anders, und ein Bär hätte sich garantiert auf seine Hinterbeine gestellt und mit den Tatzen in der Luft herumgefuchtelt. Und noch etwas war Gilas aufgefallen. Das Tier schien sich überhaupt nicht wohl zu fühlen. Es zitterte am ganzen Körper. Dabei war es doch gar nicht so kalt. Zwar immer noch so, dass der Schnee tagsüber nicht schmolz, aber die dicke Eiskruste auf dem See im Osten war an ihren Rändern bereits getaut.

„Sicher ist sicher. Bevor ich mich dem Tier nähere und es anspreche, werde ich noch mal versuchen, es zu irgendeiner Reaktion herauszufordern," dachte sich Gilas und flog los. Diesmal beobachtete sie ganz genau die Bewegungen des Tieres. Es schien sie zwar kommen zu hören, aber sehen konnte es sie wohl nicht, denn es begann, kaum das Gilas den ersten

Flügelschlag ausgeführt hatte, sichtlich unentschlossen den Kopf von links nach rechts zu drehen. Aber auch diesmal fiel dem Tier keine andere Verteidigung gegen den vermeintlichen Angriff eines unsichtbaren Feindes ein als das geschilderte Gebrüll. Was immer es sein mochte, es konnte Gilas, die bereits wieder auf ihrem Ast saß, als das Schreien verklungen war, offensichtlich nicht gefährlich sein.

„Hey! Du da unten! Was bist du denn für ein Tier? Wie kommst du hierher? Und vor allem, hör auf mit dem Gebrüll, das ist ja zum Fürchten," rief sie von ihrem erhöhten Aussichtsposten.

„Ah, da bist du also. Ich wusste doch, dass irgendetwas an mir vorbeigeflogen war, konnte dich aber nicht sehen. Ich bin Larok, der König der Tiere, und damit das alle bei meinem Kommen gleich wissen, brülle ich eben ab und zu." Sprach's und ließ gleich darauf einen weiteren Schrei los.

„Ha, da wirst du hier aber Pech haben. Ich habe noch nie etwas von einem König der Tiere gehört und alle meine Bekannten in diesem Wald auch noch nicht. Also kannst du auch das Gebrüll bleiben lassen."

„Wer bist du eigentlich, dass du hier so freche Reden schwingst und mich nicht als König anerkennen willst. Ich war schon immer König. Und die Menschen sagen stets, wenn sie meinen Auftritt ankündigen, 'Und hier Larok der Löwe, der Furcht erregende König der Tiere.' Und die müssen es ja wohl wissen."

„Jetzt aber mal langsam. Ich bin Gilas, die Eule," stellte sich Gilas vor. „Und ich lebe schon lange in diesem Wald, habe, wie gesagt, noch nie etwas von einem König der Tiere gehört und gebe außerdem sowieso nicht viel auf das, was die Menschen sagen. Aber sag mal, wie kommst du eigentlich hierher? Hast du dich etwa verlaufen?"

„Na ja, ich schäme mich, es zu sagen, aber du hast Recht. Ich weiß überhaupt nicht mehr wo ich bin und friere ganz fürchterlich. Das ist zwar wirklich kein bisschen königlich. Doch du musst mir glauben, wo ich herkomme, gelte ich als König. Allerdings ist das sehr weit weg und bei uns ist es auch viel wärmer."

„Nun stell dich mal nicht so an, mein König. So kalt ist es nun auch wieder nicht. Wir hatten schon einige viel kältere Tage in diesem Winter. Aber was mache ich denn jetzt mit dir? So wie du zitterst, wird es Zeit, dass du wieder dorthin kommst, wo du losgelaufen bist. Ganz abgesehen davon, dass hier bei deinem Gebrüll niemand schlafen kann."

„Der Wind ist so schlimm. Ich kann kaum atmen, so sehr friert es in meiner Nase. Und wo ich herkomme, weiß ich nicht. Ich irre hier schon seit einiger Zeit durch den Wald. So etwas gibt es bei uns übrigens auch nicht. Bei uns steht überall nur hohes Gras und Bäume gibt es nur ganz vereinzelt. Weißt du nicht ein Plätzchen, an dem der Wind nicht ganz so kalt ist?"

„Erst erzähl mir noch wie du hierher gekommen bist. Ich will dich doch ein bisschen besser kennen lernen, bevor ich dir helfe. Schließlich habe ich vorhin deine langen Zähne gesehen. Und das war nicht gerade ein Vertrauen erweckender Anblick."

„Also gut. Ich komme aus einem fernen Land, in dem es immer schön warm ist. Die langen Zähne brauche ich, um meine Beute zu fangen. Meistens alte oder kranke Antilopen. Ich glaube, bei euch hier gibt es so ähnliche Tiere, die die Menschen Rehe nennen. Ja, die Menschen. Sie haben mich gefangen und in einen eisernen Käfig gesteckt. Den haben sie auf Räder gestellt und zwei Ochsen davor gespannt. Und dann sind wir gereist und gereist und gereist. Es dauerte ewig und immer bekam ich nur Fleisch von Tieren, die die Menschen getötet hatten. Niemals schmeckte es so gut wie Zuhause. Aber ich wollte tapfer sein. Schließlich bin ich der König der Tiere. Die Reise führte uns über ein großes Wasser und dann über hohe Berge. Die liegen südlich von hier und sind noch viel größer als eure Hügel hier. Ja und seit wir das Schiff verlassen haben - so nannten die Menschen das hölzerne Ding, mit dem wir das Wasser überquerten - bauen die Menschen in jeder Siedlung ein großes Zelt auf. Dann kommen abends ganz viele Menschen und bestaunen mich und die anderen Tiere. Sie haben nämlich eine ganze Reihe verschiedener Tiere dabei. Kamele, Kängurus, Krokodile und viele mehr. Aber ich bin der Star. Und ich freue mich immer auf den Abend, denn bevor sie mich ins Zelt lassen, bekomme ich etwas zum Essen. Jetzt wollte ich aber doch einmal wissen, wo ich eigentlich bin und versuchen, ob ich nicht ein Reh fangen könnte. Deshalb bin ich heute nach dem Abendessen - schließlich soll man ja eine Flucht nicht mit leerem Magen beginnen - davongelaufen. Die Spur eines Rehes hatte ich auch schnell gefunden. Aber dann, irgendwo östlich von hier, führte sie auf eine ganz harte, spiegelnde Fläche. Als ich drauftreten wollte, gab sie ein bisschen nach und ich habe es lieber bleiben lassen. Dann wollte ich mir euren Wald anschauen und dabei habe ich mich völlig verlaufen. Und um ehrlich zu sein, ein bisschen gefürchtet habe ich mich auch. Man weiß ja nie, was einem in der Fremde begegnet. Die Menschen haben sich zum Beispiel immer wieder Geschichten von Drachen erzählt, die groß wie drei Elefanten sind und aus ihrem Maul Feuer spucken. Denen wollte ich natürlich nicht begegnen. Deshalb habe ich auch etwas häufiger als sonst gebrüllt."

„Ich muss schon sagen, Larok, deine Geschichte klingt so unglaublich, dass sie einfach war sein muss. Ich helfe dir also und vielleicht kannst du mir später etwas mehr von all diesen seltsamen Tieren erzählen, deren Namen ich noch nie gehört habe. Was die Drachen angeht, kann ich dich übrigens beruhigen. Das ist eine Erfindung der Menschen, die damit ihre Kinder einschüchtern, damit die nicht alleine die Sicherheit ihrer Hütten verlassen." Gilas überlegte, während sie dies sagte, bereits, wie sie dem Löwen etwas Wärme verschaffen konnte. „Ich hab eine Idee. Ich kann zwar kein Feuer machen, wie du es sicher von den Menschen kennst, aber wir werden dich schon ein bisschen aufwärmen. Du hast ja ein ganz schönes Fell. Also, komm mit. Nur wenige Schritte von hier stehen einige kleine Tannen. Ich erkläre dir den Rest unterwegs."

Sie gingen also los. Gilas musste den Löwen vor jedem Baum warnen, denn er sah tatsächlich kaum einen Schritt weit in der Dunkelheit. Links. Achtung stopp. Jetzt rechts. So kamen sie nur langsam voran. Dabei wäre es sicher das Beste gewesen, den Löwen ein Stück laufen zu lassen, damit ihm warm würde. Aber das schied hier im Dickicht ja wohl aus. Gilas dirigierte ihn zu einigen kleinen Tännchen und hieß ihn Äste abzureißen, die ungefähr so lang waren, wie seine Beine. Gilas nahm die in ihren Schnabel und flog mit ihnen zu einer kleinen Mulde, die auch nur wenige Schritte entfernt war.

Schließlich hatten sie genug Zweige beisammen und gingen gemeinsam zu der Mulde. Gilas hatte jetzt so viel Zutrauen, zu dem Löwen, dass sie sich sogar auf seinen Rücken setzte. So konnte sie ihm noch besser den Weg weisen. Dort angekommen sagte Gilas: „Schau her, ich habe in einer Mulde einige Zweige ausgelegt, damit du nicht auf dem Schnee liegen musst. Die übrigen Zweige lege ich dann auf dich drauf, damit der Wind nicht an dich heran kann. Leider gibt es hier in der Nähe keine Höhle, das wäre noch besser, aber ich denke, so wird dir etwas wärmer. Und schließlich wirst du ja kaum die ganze Nacht hier verbringen wollen. Wir werden schon gemeinsam einen Weg finden, dich wieder zurück zu deinen Menschen zu bringen. Denn dort geht es dir ja so schlecht auch wieder nicht. Oder willst du lieber hier im Wald leben?"

„Nein, das bestimmt nicht. Bei euch ist es viel zu kalt. Da will ich schon lieber zurück und mit meinen Freunden, den anderen Tieren, weiter durch die Lande ziehen."

Während der Löwe das sagte, wurde er mit den Tannenzweigen bedeckt. Schließlich stellte sich Gilas noch zwischen den Wind und Larok und breitete ihre Flügel aus, um zusätzlichen Schutz zu geben.

„Also jetzt erzähl mal. Wer sind denn deine Freunde? Die Kamele, Krokodile und Kängurus. Oh, und dieses große Tier, der Elefant, wie sieht der aus?"

„Das Känguru war schon da, als ich gefangen wurde. Es kommt aus einem Land, das noch weiter im Süden liegt als meine Heimat Afrika. Es sagt, das Land heißt Australien. Dort muss es ziemlich ähnlich sein wie bei mir Zuhause. Jedenfalls ist es auch warm und es wohnen nur wenige Menschen in der weiten Landschaft. Übrigens haben die meisten Menschen dort und bei uns schwarze Haut, während eure alle weiß sind. Ja? Frag ruhig dazwischen."

Gilas war kurz überrascht gewesen und hatte wohl den Kopf geschüttelt. Wie gesagt, der Löwe sah zwar wenig, aber er hörte um so besser. Gilas sagte ihm, es wäre nichts, er solle ruhig weitersprechen.

„Ja das Känguru ist fast so groß wie ich und hat eine ähnliche Haarfarbe. Allerdings springt es meist auf seinen beiden kräftigen Hinterbeinen. Die kürzeren Vorderbeine nutzt es nur, um sich beim Fressen abzustützen oder um etwas in seinem Beutel zu verstecken. Das ist das Merkwürdigste an diesem Tier. An seinem Bauch hat es nämlich einen Beutel, der aus dem gleichen Fell besteht, das es am ganzen Körper trägt. Es hat mir erzählt, dass es darin seine Kinder herumträgt, wenn die noch klein sind und nicht alleine laufen können. Obwohl es so groß ist, frisst das Känguru nur Blätter. Ganz anders das Krokodil. Das wurde an einem großen Fluss mitten im Wald gefangen. Wie soll ich das beschreiben? Kennst du Schlangen?"

Gilas sagte ja.

„Also es hat ungefähr die Form einer dicken Schlange, ist aber viermal so lang wie ich. Außerdem hat es vier kurze Beine, die seitlich aus seinem Körper ragen und mit denen es sich nicht besonders elegant fortbewegt. Es frisst wie ich nur Fleisch und sogar noch mehr als ich. Was ich ziemlich seltsam finde, ist, dass es sich sein Fleisch erst mal zur Seite legt und wartet bis es fast verdorben ist. Dabei schmeckt doch frisches Fleisch viel besser. Na ja. Seine Haut ist ganz ohne Haare, aber dafür ziemlich dick und zäh. Die Farbe liegt irgendwie zwischen Grün und Braun. Die meisten finden das Krokodil ziemlich hässlich und wollen nichts mit ihm zu tun haben, ich komme aber ganz gut mit ihm aus. Die Kamele kamen zu uns, kurz bevor wir das Wasser überquerten. Auch sie leben in einem weitem Land, in dem es sehr heiß ist. Sie haben auch eine helle Haarfarbe, so wie ich. Bei euch gibt es doch Pferde. Ein bisschen ähnlich sind sie. Sie werden auch von den Menschen zum Reiten benutzt. Sie haben einen längeren Hals und weniger Haare am Schwanz. Und dann gibt es da noch etwas Besonderes. Auf ihrem Rücken haben sie zwei große Beulen, in denen sie Wasser speichern können. Ich habe es selbst nicht geglaubt, aber ein Kamel hat es mir vorgemacht. Es konnte Unmengen von Wasser saufen und trank dann eine ganze Woche lang nichts, wobei die beiden Höcker, so heißen die Wasserspeicher, nach und nach immer schlapper wurden. Die Elefanten kenne ich selbst aus meiner Heimat. Leider ist keiner von denen bei uns, denn er könnte wenigstens bestätigen, dass ich der König der Tiere bin. Die anderen glauben mir das nämlich auch nicht. Na, jedenfalls ist der Elefant ganz grau und ungefähr doppelt so groß wie ein Pferd. Dabei aber bestimmt dreimal so dick und viermal so schwer. Er hat riesige Ohren und seine Nase ist ebenfalls sehr lang. Sie reicht bis auf den Boden herunter und er benutzt sie um Nahrung aufzuheben - übrigens auch nur Blätter, Wurzeln und kleine Ästchen. Ja er kann sogar Wasser in seine Nase einsaugen, und es dann wieder herauspusten. - Weißt du was, mir ist gar nicht mehr so kalt."

Damit beschloss der Löwe seine Erklärungen und gemeinsam machten sie sich daran, einen Weg zu finden, wie er seine Menschen wiederfinden könnte. Jetzt da ihm wärmer war, zeigte er auch gleich mehr Zuversicht, dass sie den Weg finden würden. Schließlich waren sie sich einig, dass sie zunächst den See finden mussten, an dem der Löwe der Spur des Rehs nicht mehr hatte folgen können. Denn zweifellos war es ein See, den er im Osten gefunden hatte und dessen Eisfläche er nicht zu begehen gewagt hatte. Gilas war sich sicher, dass sie wusste, welcher See das war. Von dort könnten sie die Spur des Rehs zurückverfolgen und müssten dann in die Nähe des Lagers der Menschen kommen. Also los.

Larok schüttelte sich die Tannennadeln aus dem Fell und sie machten sich auf den Weg. Erneut nahm Gilas auf seinem Rücken Platz und leitete ihn dank ihrer besseren Augen. Sie kamen gut voran und unterwegs erzählte Gilas, immer unterbrochen von den kurzen Anweisungen, die den Löwen vor einem Zusammenstoß mit einem Baum bewahrten, einige Geschichten aus ihrem eigenen Leben und erklärte Larok vieles, was ihm in diesem Land seltsam vorkam. Beiden schien daher kaum Zeit vergangen, als sie am See ankamen. Auch die Spur des Rehs war schnell gefunden und schon sagte Larok, dass sie jetzt beim Lager sein müssten. Gilas ließ ihn erst mal alleine, flog hoch in den Nachthimmel hinauf und sah sich um. Das war eine leichte Übung. Die Menschen hatten große Feuer entzündet, die Gilas sofort bemerkte.

„Ich habe sie gefunden," rief sie dem Löwen noch vor der Landung zu. „Aber renn nicht gleich los. Ich habe da eine Idee. Habt ihr irgendein Tier in eurer Gruppe, das mit den Menschen sprechen kann?"

„Ja, wir haben da ein paar Pferde, die sich ganz gut mit den Menschen verständigen können. Was hast du denn vor?"

„Sag mir erst wie das tapferste der Pferde heißt, denn ich will mit ihm sprechen."

„Das ist Kalit."

„Also gut. Ich werde mit Kalits Hilfe zu den Menschen sprechen. Wie du mir erzählt hast, bist du der König der Tiere und die große Attraktion dieser wandernden Gruppe. Das heißt, ihnen wird viel daran liegen, dass du zurückkommst. Also werde ich den Menschen erzählen, dass du dich hoffnungslos im Wald verlaufen hast, und dass ich dich nur zurückbringe, wenn sie versprechen, mit euch in der kalten Jahreszeit in den Süden zu ziehen. Es gibt dort viele Regionen, in denen der Winter so warm ist, dass nicht einmal die Seen zufrieren. Vielleicht kann ich sie davon überzeugen, dass das viel klüger ist. Denn dort brauchen sie nicht die ganze Nacht große Feuer zu unterhalten, um sich und die Tiere vor der Kälte zu schützen. Sie müssen also kein Holz zerkleinern. Und außerdem seid ihr Tiere dann fröhlicher und könnt auch den Besuchern viel mehr Freude machen."

„Ein guter Plan. Das könnte tatsächlich funktionieren. Lassen wir es darauf ankommen. Schlimmer werden kann es ja nicht."

Gilas flog also los zu dem Lager. Aus Stoff und Leder hatten sich die Menschen so eine Art Hütten gebaut. Sie setzte sich auf die Holzstangen, die oben aus diesen Behausungen ragten und rief laut nach Kalit. Man glaubt es kaum. Alles klappte wie geplant. Das Pferd übersetzte Gilas' Wünsche und die Menschen erklärten die Idee, den Sommer im Süden in der Wärme zu verbringen, für wirklich gut. Natürlich müssten sie erst einmal sehen, ob dort genug Menschen lebten, die an ihren Tieren interessiert sind, aber versuchen wollten sie es.

Larok sah sichtlich zufrieden aus, als er, unter den wachsamen Augen von Gilas, ins Lager einzog. Das war ein großes Hallo und Gilas, die im Laufe der Nacht immer wieder über das Lager flog, hörte noch lange die Stimme des Löwen, der seinen Kameraden von seinem Ausflug berichtete. Einmal landete Gilas noch auf dem Holzgerüst der Hütte. Aus sicherer Höhe betrachtete sie die verschiedenen Tiere, die ihr der Löwe geschildert hatte. Sie entsprachen genau seinen Beschreibungen. Gilas bekam gerade noch mit, wie das Kamel zu Larok sagte: „Wenn wir hier wirklich abziehen und in die Wärme fahren, dann glaube ich dir doch noch, dass du der König der Tiere bist. Wenn du sogar hier Freunde findest, die uns helfen, nenne ich dich fortan König Larok."

Als Gilas am nächsten Abend auf ihrem Rundflug den leeren Lagerplatz der Menschen sah, wusste sie, der König der Tiere war in diesem Moment stolz und glücklich. Und wer weiß, vielleicht eines Tages im Sommer, würde er sie seinen Freunden dem Kamel, dem Krokodil und dem Känguru vorstellen.

Wiedersehen

Es war einmal - die alte Königin hatte 20 Matratzen und 20 Eiderdaunendecken auf die Erbse gelegt, um so die angebliche Prinzessin zu prüfen - an einem nassgrauen Herbstabend. Gilas hatte sich gerade die Regentropfen vom Gefieder geschüttelt und beschlossen, noch ein bisschen zu schlafen, als sie nach langer Zeit wieder einmal von Sara geweckt wurde. Auch das Eichhörnchen war ziemlich durchnässt, denn es hatte den ganzen Tag leicht geregnet. Doch es war Herbst und da gab es keine Entschuldigungen. Die Wintervorräte mussten gesammelt werden. Wie jeden Herbst waren Sara und ihre Familie in ihren Heimatwald zurückgekehrt. Dort kannten sie die besten Winterquartiere und die ergiebigsten Futtersammelstellen.

So langsam begann es dunkel zu werden und Sara stupste Gilas nochmal an, um sie jetzt doch richtig zu wecken. Wenn sie schon nach all der Arbeit den Weg zu Gilas' Lieblingsschlaf-platz auf sich nahm, konnte die ja wohl wenigstens mal ein biss-chen früher aufstehen. Jetzt war Gilas wach und warf Sara fast vom Ast - sie konnte gerade noch den Kopf einziehen - als sie erstmal ihre Schwingen weit ausbreitete und sich streckte. Da erst bemerkte die Eule ihren Besuch.

„Hey, Sara. Wo kommst du denn her an einem so scheußlichen Abend?"

„Wir sind vor ein paar Tagen wieder in den Wald gekommen und sammeln hier Vorräte für den Winter. Wie geht es dir so? Aber jetzt lass mich erstmal unter deinen Flügel, damit ich mich ein bisschen aufwärmen kann."

Noch ehe Sara ausgesprochen hatte, hob sie Gilas' Flügel und schlüpfte darunter, so dass nur noch ihr Kopf aus den Federn schaute.

„Oh, du bist ja fürchterlich nass und kalt."

Sara hatte sich gerade an Gilas' Brustkorb gelehnt und die Eule zuckte erschreckt zusammen.

„Na ja," fuhr sie fort, „es geht ganz gut. Aber das Leben als Eule ist ja auch nicht besonders aufregend oder gefährlich. Nur dich habe ich schon lange nicht mehr gesehen. Wo warst du denn?"

„Das Übliche. Auch nicht besonders aufregend. Wir sind den ganzen Sommer durch die Lande gezogen. Immer von einem Wäldchen zum anderen. Na es war ein ganz lustiger Sommer. Wir haben viel gelacht und gespielt. Und wir haben ungeheuer Glück gehabt. Wir haben den ganzen Sommer keinen einzigen Bussard getroffen. Und jetzt ist meine Familie größer als je zuvor. Das ist zwar sehr schön, bedeutet aber auch noch mehr Arbeit, denn wir Jüngeren müssen auch für die Alten und Schwachen Wintervorräte sammeln. Na, du weißt ja selbst, wie schnell in diesem Jahr der Herbst kam. Wenn das so weitergeht, haben wir nicht mehr viel Zeit, bevor der Winter kommt. Und du? Was war hier so los? Pfffh, pfffh." Sara hatte eine Feder in den Mund bekommen. „Hast du irgendetwas Spannendes erlebt? Mal wieder einen Löwen getroffen, wie letzten Winter?"

„Nee, ich sag doch, nichts Besonderes. Oder wart mal, du weißt ja noch gar nichts von dem Gebäude, das die Menschen bauen. Wo das Dorf liegt, habe ich dir bestimmt schon einmal erzählt. Und gleich hinter dem Dorf ist ein Hügel."

„Meinst du den großen Berg, der oben ganz kahl ist?" unterbrach Sara.

„Ja genau. Das musst du dir unbedingt mal anschauen, wenn du ein bisschen Zeit hast. Ich war in letzter Zeit fast jeden Morgen dort. Und jeden Morgen sieht es etwas anders aus. Einmal bin ich länger geblieben und da kamen fast alle Dorfbewohner, nachdem sie ihre Tiere versorgt hatten - du weißt ja, dass sie die morgens immer erst melken und auf die Wiese lassen - auf den Berg und arbeiteten. Einige schlugen große Felsbrocken zu rechteckigen Steinen. Andere fällten am Hang Bäume und entfernten die Äste. Wieder andere schleppten mit Pferden und Ochsen die Stämme auf die Kuppe des Hügels. Und Etliche waren damit beschäftigt, die behauenen Steine aufeinander zu setzen. Auch die Baumstämme haben sie dann noch weiter zugesägt und teilweise behauen. Das Ganze sieht aus wie eine besonders große Hütte. Ringsherum haben sie aus den größten Steinen eine Art Zaun gebaut. Und an der Seite, die dem Dorf zugewandt ist, bauen sie noch eine runde Hütte aus ganz dicken Steinen.

„Ja und was soll das? Das wäre doch ganz blödsinnig und langweilig, dort oben auf dem Berg zu wohnen, während alle anderen im Dorf leben. Oder wollen die alle da hinaufziehen? Wo sollen denn die Tiere weiden? Und sollen dann die Frauen immer den weiten Weg zum Fluss gehen, um Wasser zu holen oder Wäsche zu waschen?"

„Na, langsam. Das erzähl ich dir später. Ich habe nämlich mit einem der Hunde gesprochen. Aber noch mal zu der Hütte. Du weißt doch, dass die Menschen im Dorf nur einen Raum haben, der direkt auf der Erde liegt. Nun in diesem Gebäude liegen sechs solcher Räume nebeneinander. Und das Beste kommt noch. Mit den Baumstämmen haben die Menschen über diesen sechs Räumen ein Dach gebaut, eine Art Gitter, das sie dann mit dünnen Holzstäben belegt haben. Das Dach ist aber nicht wie sonst spitz, sondern ganz flach und die Holzstäbe sind so dick, dass die Menschen darauf laufen können. Auf diesem Dach haben sie dann noch mal sechs Räume abgeteilt und so wie es jetzt dort aussieht, kommt darüber eine weitere Ebene mit Räumen. Außen an dem Gebäude haben sie eine Leiter angebaut. Über die gehen sie, um in die oberen Räume zu gelangen.

Das runde Gebäude, die Menschen nennen es einen Turm, wird ebenfalls viel höher als die Häuser im Dorf. Dort haben sie aber die Leiter innen errichtet und sie ist ganz aus Stein. In den Wänden, die so dick sind wie meine Flügel breit, wenn ich sie ganz ausbreite - das habe ich neulich nachts ausprobiert - haben sie einzelne Steine nach innen überstehen lassen. Und auf diesen Steinen gehen sie nach oben. Oh, und die Wände des Turms bauen sie doppelt, dazwischen kommen all die kleinen Steine, die beim Behauen übrig geblieben sind. Und..."

„Jetzt erzähl mir doch endlich, was das Ganze soll. Was hat dir der Hund gesagt?" unterbrach Sara erneut.

„Also gut. Die Leute aus dem Dorf werden gar nicht dort oben wohnen."

„Wer denn sonst? Und warum bauen die Menschen aus dem Dorf das Haus überhaupt?" Sara wurde langsam ungeduldig.

„Der Hund hat mir erzählt, dort oben wird der Fürst einziehen. Was genau ein Fürst ist, konnte er auch nicht erklären. Angeblich gehört ihm die ganze Gegend hier. Einschließlich Dorf und Menschen und Wald und Feld. Und vermutlich würde er sogar behaupten, dass wir und alle anderen Tiere des Waldes ebenfalls sein Eigentum sind. Von den Rehen hat er das jedenfalls schon gesagt, denn die Leute im Dorf dürfen die nicht mehr jagen.

Nun jedenfalls hat er verfügt, dass alle männlichen Dorfbewohner bei der Arbeit an den Gebäuden - die die Menschen
Burg nennen - mithelfen müssen. Mithelfen ist eigentlich ganz
falsch, denn der Fürst kommt nur ab und zu einmal hier vorbei
und schaut, wie der Bau vorangeht. Ich habe ihn auch noch nie
gesehen. Aber der Hund wird mich unterrichten, wann er das
nächste Mal kommt. Aber es ist ein Vertreter des Fürsten hier,
der den Menschen sagt, was sie zu tun haben. Den habe ich
auch schon ein paar Mal beobachtet, denn er ist morgens immer
der Erste, sieht sich alles genau an und legt fest, welche
Arbeiten am Tag auszuführen sind. Sara !?! Hey, du schläfst ja
schon ein. Hast du überhaupt alles mitbekommen?"

„Ähm, der Fürst ist fast nie hier."

„Ja genau. Aber der Bauverwalter passt auf, dass die Arbeit vorangeht. Und du gehst jetzt besser nach Hause. Ich werde noch
über dir mitfliegen, damit du sicher heimkommst."

Gilas geleitete Sara also bis zu ihrer Familie, die mit Kopf-
schütteln die Begleitung der Vermissten zur Kenntnis nahm.
Am nächsten Abend wartete die Eule nach dem Aufwachen
noch eine Weile auf ihre Freundin, der sie erzählen wollte, was
sich an diesem Morgen alles auf der Burg verändert hatte. Doch
die war wohl zu beschäftigt, um Besuche abzustatten.

Familienbande

Es war einmal - die neugierige Ente brütete noch das große Ei
aus, das scheinbar nicht ihr eigenes war und aus dem schließlich ein furchtbar großes, hässliches Entlein schlüpfen sollte -
da begegnete Gilas auf ihrem morgendlichen Zu-Bett-Geh-
Rundflug einem riesigen Vogel, der weit über ihr dahinflog.
Den wollte sich die Eule doch einmal näher ansehen und nahm,
obwohl sie schon reichlich müde war, ihre ganzen Kräfte
zusammen, um die große Höhe zu erreichen.

„Hallo," rief sie etwas atemlos, als sie oben angekommen war,
„wer bist du denn? Flieg doch mal etwas langsamer, ich komme
ja kaum hinterher."

„Oh, hallo," antwortete der Kormoran, denn ein solcher Vogel
war es. „Tut mir leid, ich bin etwas in Eile, ich will nach Westen
über das große Wasser, bevor es Herbst wird, denn dort will ich
mir eine Frau suchen."

„Na, da will ich dich nicht weiter aufhalten. Aber sag mir doch schnell, wo du herkommst und warum ich dich früher noch nie hier gesehen habe. Und was für ein Vogel bist du eigentlich?"

„Na gut, eine kleine Pause kann ja nicht schaden," antwortete der große Vogel und flog jetzt schön gemütlich. „Ich bin Muran, ein Kormoran und ich komme gerade aus dem Nordosten. Vor 15 Tagen bin ich dort losgeflogen, weil ganz überraschend der erste Schnee fiel. Normalerweise fliege ich weiter im Norden über das große Meer, aber weil der Winter in diesem Jahr so schnell heranzieht, habe ich mich für diese Route hier entschieden. Von der hatte mir meine Großmutter einmal erzählt, die die Letzte war, die früher einmal diese Strecke geflogen ist. Deshalb beeile ich mich auch so, denn hier ist es zwar angenehm warm, dafür ist der Weg auch viel weiter und ich muss immer wieder etwas langsamer fliegen, um mich zu orientieren. Und du? Wohnst du hier oder bist du auch nur auf der Durchreise? Du siehst übrigens ziemlich müde aus."

„Ich heiße Gilas und bin eine Eule. Du weißt ja vielleicht, dass Eulen nachts unterwegs sind und tagsüber schlafen. Deshalb kneife ich meine Augen auch schon ein bisschen zusammen, denn die Sonne ist doch schon sehr hell. Wir Eulen bleiben meistens an einem Ort. Das da unten ist mein Wäldchen."

„Ach so, eine Eule bist du. Hätte ich mir fast denken können. In meiner Heimat gibt es auch Eulen, die haben genau so einen gebogenen Schnabel wie du. Allerdings sind ihre Federn ganz weiß und sie sind etwas kleiner als du. Außerdem leben sie in großen Familien zusammen. So, aber jetzt muss ich weiter. Ich wünsche dir einen guten Schlaf."

„Und ich dir eine gute Reise. Wenn du Lust hast, komm doch auf dem Rückweg nochmal vorbei, dann können wir uns etwas länger unterhalten. Du erlebst bestimmt eine ganze Menge auf deinen langen Flügen."

Doch Gilas hatte noch nicht einmal ganz ausgesprochen, da war der Kormoran mit ein paar kräftigen Flügelschlägen schon etliche Meter höher gestiegen und schoss, von einer leichten Böe getragen, mit dem Wind davon. Die Erzählung von ihren Verwandten ließ Gilas keine Ruhe. „Wenn der Kormoran bei dem Tempo 15 Tage unterwegs war, bräuchte ich für diese Strecke sicher 30 Nächte," überlegte Gilas. Aber es wäre doch zu schön einmal ein paar Verwandte kennen zu lernen. Diese Gedanken beschäftigten Gilas den ganzen Winter über. So lange, bis sie beschloss, sich im Frühjahr auf den Weg zu machen.

Gedacht, getan. Kaum war der Schnee endgültig geschmolzen, machte sie sich auf die Reise. In den vielen Flugstunden überlegte Gilas, wie sie die anderen Eulen denn finden könnte. Sie hätte doch den Kormoran noch ein bisschen ausfragen sollen. Als sie dann auch noch von einem späten Schneeschauer überrascht worden und zwei Nächte lang in Richtung Osten ausgewichen war, gab sie die Hoffnung, Verwandte zu finden, fast auf. Sie flog zwar anschließend wieder zwei Nächte nach Norden, musste also ungefähr auf dem richtigen Kurs sein - aber auf eine solch lange Strecke? Nun, die 30 Nächte waren geschafft und Gilas ließ sich erschöpft auf einer hohen Tanne am Rande eines großen Sees, oder war es doch vielleicht sogar ein Meer, nieder. Am nächsten Abend wollte sie sich einmal in aller Ruhe umschauen. Schließlich waren die weißen Eulen ja mit ihr verwandt und müssten ihr daher in vielen Verhaltensweisen ähnlich sein. Sie würde sie schon finden.

Gilas hatte im Schlaf gespürt, dass zwar die Sonne schien, doch richtig warm war es nicht. Es ließ sich aushalten, aber im Winter hier zu leben, wäre wohl doch recht ungemütlich. Als sie schließlich aufwachte, war es zu ihrer Überraschung nicht richtig dunkel. Dabei war sie sicher, ziemlich lange geschlafen zu haben - kein Wunder nach den Anstrengungen des letzten Monats. Seltsam, dachte sie, und schlief noch ein Stündchen länger. Aber es war noch immer ziemlich hell, als sie die Augen wieder öffnete.

Jetzt erst einmal Frühstück, dachte Gilas und flog los. Doch sie fand kein Tier auf den weiten Feldern, die das Wäldchen, in dem sie übernachtet hatte, umgaben. Sehr seltsam, denn auf dem Schnee fanden sich jede Menge Spuren von Kaninchen und Mäusen. Aber die Verursacher dieser Spuren konnte sie einfach nicht finden. Ab und zu schien es Gilas, als würde sie am äußersten Rand ihres Blickfeldes eine Bewegung wahrnehmen, aber sobald sie den Kopf drehte und etwas niedriger flog, war nichts mehr zu sehen.

Plötzlich brüllte eine Stimme über ihr: „Hey du dusseliger Vogel, hau doch endlich hier ab, du verscheuchst ja die ganzen Tiere!"

Gilas drehte sich um und erkannte gegen die weißen Wolken zunächst gar nicht genau, woher die Stimme kam. Doch das Problem löste sich schnell, denn die Stimme erklang erneut.

„Hey, hier bin ich. Du bist wohl wirklich neu hier? Hast du noch nie eine Eule gesehen?"

„Doch natürlich", antwortete Gilas, die jetzt auch eine etwas kleinere, völlig weiße Eule ganz in der Nähe erkannte. „Klar kenne ich Eulen, aber die sehen alle so aus wie ich. Aber du hast schon recht, ich bin neu hier in der Gegend. Und ich muss zugeben, der Kormoran hatte Recht."

„Was soll denn das schon wieder? Welcher Kormoran denn? Komm lass uns erst mal dort drüben auf der Kiefer Platz nehmen. Nachdem du alle Tiere vertrieben hast, finden wir hier sowieso nichts mehr zum Frühstück."

So flogen die beiden ungleichen Eulen also zu der Kiefer, die einige Schritte vom Waldrand entfernt alleine auf der Wiese stand und ließen sich auf einem ausladenden Ast nieder.

„Ziemlich klein, die Bäume bei euch," kommentierte Gilas in Gedanken an die hohen Tannen ihrer Heimat, die doch recht mickrige Kiefer.

„Jetzt aber mal langsam. Erst verscheuchst du mein Frühstück und dann meckerst du auch noch an meinem Lieblingsbaum herum. Von hier hat man doch eine tolle Aussicht über die verschneite Wiese. Und man sieht die Bären rechtzeitig, bevor, sie den Baum erreichen. Das ist zwar jetzt in der Nacht nicht so wichtig, aber tagsüber ist das hier ein toller Schlafbaum. Hier treffe ich mich morgens immer mit meiner Sippe und wir übernachten gemeinsam. Siehst du, dort oben hat eine meiner Tanten ihr Nest. Bald werden meine Cousins schlüpfen.

Aber zurück zu dir. Wo kommst du her, was machst du hier und warum hast du so ein scheußlich dunkles Gefieder?"

„Ich heiße Gilas und komme aus dem Süden. Aber nur weil es für dich etwas Neues ist, musst du mein Gefieder ja nicht gleich hässlich nennen. Ich sagte ja schon, bei uns sehen alle Eulen so aus. Und nach 30 Nächten anstrengenden Fluges, hätte ich mir schon einen wärmeren Empfang vorgestellt."

„Wer kommt und meckert, wird halt auch hier nicht freundlich empfangen. Aber da sind wir jetzt wohl drüber weg. Also, mein Name ist Agis. Wenn du möchtest, kannst du dich erst mal hier ausruhen. Ich bin sicher, die anderen haben nichts dagegen. Schließlich bist du ja doch so etwas wie eine Verwandte. Ich werde uns jetzt etwas zum Frühstück besorgen. Und du bleib bloß hier sitzen, sonst vertreibst du mir wieder die Beute." Damit flog Agis davon und war schon bald vor den weißen Wolken nicht mehr zu erkennen.

Ein komisches Völkchen dachte Gilas, während sie prompt wieder einnickte. Die immer noch anhaltende Helligkeit brachte ihren Schlafrhythmus ziemlich durcheinander. Unterbrochen nur durch das versprochene Frühstück, schlief Gilas so fast die ganze Nacht durch. Erst als gegen Morgen die anderen Eulen zu ihrer Kiefer zurückkamen, wachte sie richtig auf.

„Na, gut geschlafen," rief Agis schon aus der Ferne. Als die ganze Familie gelandet war, stellte Agis ihre Verwandten vor. „Das dort ist mein Bruder Alus, dort oben sitzen Tante Akan und Onkel Arum und ganz dort drüben meine Schwester Amil. Das sind zur Zeit alle, denn meine Eltern sind nach Osten weggeflogen, um ein neues Revier zu erkunden. Aber sie werden morgen sicher zurück sein."

Alle plapperten auf Gilas ein. Offenbar hatte Agis im Laufe der Nacht bereits von der seltsamen Verwandten aus dem Süden erzählt.

„Wie lange hast du gebraucht? Wie sieht es bei dir Zuhause aus? Warum hast du so ein dunkles Gefieder? Was esst ihr denn da unten im Süden? Gibt es bei euch auch schon so viele Menschen?" Und, und, und. Die Fragen hörten nicht auf.

Gilas beantwortete sie eine nach der anderen, während es ganz langsam noch etwas heller wurde. Erst als Onkel Arum dem Fragen und Antworten Einhalt gebot, begaben sich die Eulen endlich zur Ruhe. Eigentlich ganz nette Verwandte, die ich da gefunden habe, dachte Gilas als sie einschlief, doch in ihren Träumen war es richtig Nacht und sie flog zwischen hohen Tannen hindurch.

Nach dem Aufwachen unterhielt sich Gilas wieder mit Agis, der dicht neben ihr auf dem ausladenden Ast geschlafen hatte. Doch als alle zum Jagen aufbrachen, baten sie Gilas in die andere Richtung zu fliegen, damit wenigstens sie etwas fangen würden. Sollte Gilas nicht in der Lage sein, selbst Nahrung zu finden, würden sie sich um Mitternacht an der Kiefer treffen und ihr etwas abgeben. Und tatsächlich hatte Gilas große Schwierigkeiten irgendein Tier zu entdecken. An die Beeren, die hier wuchsen, traute sie sich nicht heran. Sie wusste ja nicht,

ob die essbar waren. Doch zum Glück fand sie ein paar Hasel-
nüsse, um wenigstens den größten Hunger zu stillen. Entspre-
chend froh war sie, dass die anderen Eulen Wort hielten und
tatsächlich zur vereinbarten Stunde an der Kiefer auftauchten.

Auch in den folgenden Stunden gelang es Gilas nicht, selbst ein
Tier zu jagen. Und so schön es am Morgen war, mit den anderen Eulen vor dem Einschlafen noch ein bisschen zu sprechen,
machte sie sich doch Gedanken darüber, wie sie hier in Zukunft
überleben sollte. Die Verwandten sprachen ihr Mut zu. Allen
voran Agis, der sich besonders nett um Gilas kümmerte. Eine
Weile würde es schon noch so gehen. Gilas beschloss ein paar
Tage zu bleiben, um zu sehen, ob sie sich nicht doch an die
anderen Bedingungen gewöhnen würde.

Aber auch nach einer Woche, musste sie sich immer noch darauf verlassen, dass die anderen ihr etwas zu Essen mitbrachten.
Die taten das zwar gerne und ohne Murren, aber Gilas fühlte
sich zunehmend unwohl in dieser Situation der Unselbststän-
digkeit. Wäre Agis nicht gewesen, sie hätte schon längst den
Rückflug angetreten. Die kleine weiße Eule war ihr in der kurzen Zeit sehr ans Herz gewachsen. Sie schien sogar für Gilas'
seltsame Freundschaft mit einem Eichhörnchen Verständnis zu
haben, und versprach Gilas, ihr niemals ein Eichhörnchen zum
Essen mitzubringen.

Und trotzdem, Gilas wusste, es konnte nicht so weitergehen.
Eines mitternachts bat sie Agis, ihr heute besonders viel zum
Essen mitzubringen, denn sie wollte am nächsten Abend die
Heimreise antreten. Er bat sie zwar noch länger zu bleiben, ja
fast flehte er sie an. Auch Gilas fiel der Abschied schwer, aber
sie wusste, dass sie vernünftig sein musste. Selbst wenn die
Anderen sie noch einige Wochen durchfüttern würden, konnte
sie doch niemals auf Dauer hier bleiben. Selbst jetzt im Sommer, war ihr eigentlich immer kalt - wenn Agis nicht gerade
neben ihr saß und sie wärmte.

Am folgenden Abend sagte Gilas adieu. Sie lud ihre Verwandten zu einem Gegenbesuch ein und beschrieb ihnen den Weg genau. Doch war sie sich ziemlich sicher, dass die kleineren Eulen den weiten Weg kaum schaffen würden.

Schon am ersten Abend fehlten ihr die Gespräche vor dem Einschlafen. Bereits in der zweiten Nacht war kein Schnee mehr unter ihr und sie konnte endlich einmal wieder ihr eigenes Mahl jagen.

„Wenn meine Verwandten nur ein Stück weiter nach Süden zögen, könnten wir vielleicht..." Gilas unterbrach ihren eigenen Gedanken. Es würde nicht klappen. Hier wären ihre Verwandten mit den weißen Federn die auffälligen Außenseiter. Aber sie würde sie ganz bestimmt wieder besuchen.

Die Abreise

Es war einmal - der standhafte, einbeinige Zinnsoldat lag noch mit seinen 24 Kameraden in der Schachtel und wartete auf den kleinen Jungen, der den Deckel heben würde - an einem schönen Frühsommermorgen, Sara spielte mit all ihren Freunden auf einer kleinen moos- und farnbewachsenen Lichtung. Viel Zeit zum Spielen hatten sie allerdings nicht, denn ihre Eltern hatten ihnen am Morgen, wie schon in den letzten paar Tagen, mit auf den Weg gegeben, sich richtig satt zu essen und ihre Kräfte zu schonen. Warum sie das tun sollten, hatte man ihnen noch nicht offiziell mitgeteilt, aber einer von Saras Freunden, Siko, hatte am Vorabend ein Gespräch seiner Eltern belauscht und hatte den anderen schon gesagt, dass er im Laufe des Tages eine wichtige Neuigkeit für sie habe.

Siko war ein ausgesprochen mutiger Eichhörnchenjunge, der

ständig voller Scherze und Neckereien steckte. Mit den Spielen, die er immer wieder erfand, hatte er die ganze Gruppe unterhalten und im Laufe der Wochen und Monate immer größeren Eindruck auf Sara gemacht. Da er etwas jünger war als Sara kannte er Gilas nur aus den Erzählungen seiner Freunde - und dass Sara offensichtlich so neugierig war, dass sie die Freundschaft mit einem der natürlichen Feinde der Eichhörnchen suchte, machte sie um so interessanter. Dass auch Sara für Siko etwas Besonderes war, sollte sie erst an diesem Morgen erfahren, denn während die anderen auf der Lichtung tollten, nahm Siko sie zur Seite und erzählte von der Unterredung seiner Eltern.

„Du wirst es kaum glauben, aber wir werden auf eine lange Reise gehen," begann er. „Es warten jede Menge Abenteuer auf uns. Erinnerst du dich, dass im vergangenen Herbst Sori für einige Wochen gar nicht bei uns war? Er hat unsere neue Heimat erkundet. Mein Vater sagt, er hat da einen Wald gefunden, in dem unsere Familie viel mehr zu essen finden würde als hier. Und wir würden auch mehr Platz haben, als in diesem kleinen Wäldchen. Angeblich gibt es dort sogar einen kleinen See, der mitten im Wald, verborgen unter Bäumen, liegt. Da könntest du mir dann ja mal zeigen, wie das mit dem Schwimmen funktioniert." Siko war ganz aufgekratzt wegen all der neuen Dinge, die er und Sara demnächst erleben würden.

„Das klingt ja alles ganz aufregend," gab Sara zu und ließ sich fast ein wenig von Sikos Freude anstecken. „Ja, ich würde schon gerne mal wieder schwimmen. Und hier ist das doch ziemlich unsicher. Aber wie lang soll die Reise denn dauern? Und in welche Richtung werden wir wandern?"

„Nun, meine Mutter schätzt, dass wir mit der ganzen Familie sicher länger brauchen werden, als Onkel Sori letztes Jahr. Sie schätzt, dass wir in drei Wochen den neuen Wald im Osten erreichen. Deshalb sollen wir uns ja jetzt auch richtig schön satt essen, damit uns unterwegs die Kräfte nicht verlassen."

„Und wann geht es los?" wollte Sara als Nächstes wissen.

„Schon bald. Ich glaube, wir werden schon in drei Tagen aufbrechen. Schließlich müssen wir möglichst bald dort ankommen, damit uns genügend Zeit bleibt, Vorräte für den Winter zu sammeln. Ich freue mich schon wahnsinnig auf die Reise. Aber den anderen darfst du noch nichts erzählen. Die Neuigkeit möchte ich doch gerne nachher selbst bekannt geben."

„Na, da bin ich mal gespannt, wie die es aufnehmen. Vor allem die Kleinen werden sich sicher Sorgen machen. Meinst du nicht, du solltest warten, bis unsere Eltern ihnen davon erzählen."

„Jetzt sei nicht so oberschlau. Lass mir doch die kleine Freude. Manchmal glaube ich wirklich, du hast zu viel Zeit mit dieser Eule verbracht," schmetterte Siko die Einwände seiner älteren Gefährtin ab und war schon im dichten Geäst des Baumes, auf dem sie saßen, verschwunden.

„Stimmt ja," dachte Sara. „Ich werde Gilas Bescheid sagen müssen. Die wird sich sonst mächtig wundern, wenn plötzlich keiner von uns mehr hier ist. Bin mal gespannt, was sie von der Idee hält. Vielleicht kennt sie sogar unser neues Zuhause, schließlich kommt sie viel mehr herum. Jetzt schläft sie sicher schon. Ich werde gleich morgen früh bei ihr vorbeischauen. Gut, dass ich ihren Lieblingsbaum kenne - sonst würde ich sie wohl gar nicht mehr treffen, bevor es los geht."

Doch da sie die Befürchtung, sie würde Gilas nicht mehr treffen, nicht mehr los ließ, lief sie eine Stunde später los, um zu schauen, ob die Eule auch wirklich auf ihrem Baum war. Tatsächlich, da saß sie und schlief tief und fest. Nein, wecken wollte Sara sie nicht. Aber sie musste doch sicher sein, dass Gilas am nächsten Morgen hier wäre. Sie nagte von einer Tanne ganz in der Nähe einen Zapfen ab, und legte ihn ganz vorsichtig in die Astgabel neben der Gilas saß. Das würde sicher die

Neugier der alten Eule wecken.

Als Gilas erwachte, war es schon ziemlich dunkel. Trotzdem sah sie sofort den Tannenzapfen, der ja wohl nicht auf natürlichem Weg auf ihre Kiefer gekommen sein konnte. Es mag komisch klingen, aber für sie war dieser Tannenzapfen eine so deutliche Nachricht von Sara, wie es für uns ein Brief gewesen wäre, in dem zu lesen war: „Komm morgen früh wieder hier her, ich muss mit dir sprechen."

Keine Frage, dass Gilas am Morgen noch wach auf ihrem Ast saß, als Sara kam. Sofort sprudelte das Eichhörnchen los.

„Hallo Gilas, stell dir vor, wir gehen weg von hier. Schon übermorgen soll es los gehen. Wir werden in einem größeren Wald im Osten wohnen. Und die Reise soll drei Wochen dauern...."

„Nun aber mal ganz ruhig, der Reihe nach," unterbrach Gilas ihre Freundin. „Wo geht ihr hin? Warum geht ihr? Und warum so plötzlich?"

„Ich habe es selbst erst gestern erfahren, aber die Vorbereitungen haben schon im letzten Herbst begonnen. Also, pass auf. Seit du uns hier nichts mehr tust, ist unsere Familie jedes Jahr größer geworden. Das Wäldchen hat schon im vergangenen Jahr kaum noch ausreichend Vorräte für den Winter geliefert. Na und da hat unser Großvater letzten Herbst einen meiner Onkels losgeschickt, um sich nach einem größeren Wald umzusehen. Den hat er auch gefunden. Ein riesiger Wald muss das sein. Und noch kein einziges Eichhörnchen wohnt dort. Es wird also keinerlei Streit geben. Der Wald ist so groß, dass sogar ein See darin ist, in dem wir schwimmen können. Ich freue mich schon darauf Siko das Schwimmen beizubringen. Tja, und in wenigen Tagen geht es los. Drei Wochen soll die Reise dauern und wir werden viel erleben."

„Das klingt ja wirklich so, als ob der Umzug notwendig ist.

Aber ist die Reise nicht sehr gefährlich für euch? Ihr müsst ja tags wandern und da werden euch die Bussarde sicher nicht in Ruhe lassen. In welcher Richtung liegt denn euer neuer Wald?"

„Der Wald liegt im Osten. Über die genauen Reisepläne weiß ich auch noch nichts. Bisher hat man uns Jüngere noch nicht einmal informiert. Wir wissen nur von Siko, dass es bald losgehen soll. Der hat nämlich seine Eltern belauscht, als sie sich über die bevorstehende Abreise unterhielten," antwortete Sara.

„Na das ist ja mal wieder typisch Sara. Noch nicht mal genau wissen, was los ist und schon in Euphorie ausbrechen. Aber irgendwie wäre es schade, wenn ihr wirklich gehen würdet."

„Ist doch toll. Endlich mal was los. Sag mal, warst du schon mal im Osten? Kennst du womöglich unseren neuen Wald?"

„Ja, da war ich schon, deshalb mache ich mir ja auch solche Sorgen um dich. Dort wimmelt es gerade zu von Bussarden. Die haben mich, als ich einmal die Gegend in dieser Richtung erkunden wollte, nicht einmal in ihr Gebiet reinfliegen lassen. Als ob eine einzige Eule ihnen irgend etwas antun würde. Ansonsten ist die Reise sicher ungefährlich. Nach den Feldern, die hier direkt neben eurem Wäldchen liegen, müsst ihr einen Bach überqueren. Aber da liegen genug umgestürzte Bäume, über die ihr klettern könnt. Danach verläuft der Weg nach Osten fast die ganze Zeit durch kleinere Wälder, in denen ihr euch verstecken könnt. Die freien Stellen könnt ihr ja immer abends oder morgens überqueren, denn so weit ich weiß, gibt es dort keine Eulen - wegen der fiesen Bussarde."

„Vielen Dank, ich werde deine Tipps gleich nachher an die anderen weitergeben. Jetzt aber erst mal Schluss für heute. Ich schaue dann in den nächsten Tagen noch mal vorbei und sage auf Wiedersehen."

Als Sara wieder bei ihrer Familie war, herrschte große Aufregung. Während sie sich mit Gilas unterhalten hatte, hatte ihr Großvater allen verkündet, dass sie noch am gleichen Tag um die Mittagszeit aufbrechen würden. Im Moment waren alle damit beschäftigt, sich nochmal die Bäuche vollzuschlagen und alle Familienmitglieder zu informieren, die nicht bei der Versammlung dabei waren. Es sollte also bald losgehen. „Und ich habe doch Gilas gesagt, ich würde sie noch mal besuchen. So ein Mist," dachte Sara und sah dabei gar nicht so glücklich aus wie die anderen.

„Was schaust du denn so griesgrämig?" sprach Siko sie plötzlich an und versuchte sie mit ein paar Grimassen aufzuheitern. „Was ist los? Freust du dich nicht auf die Abenteuer?"

„Doch natürlich, aber jetzt kann ich mich nicht mehr von Gilas verabschieden."

„Stell dich doch nicht so an. Jetzt beginnt ein neues Leben. Wir werden weit weg gehen. Vergiss doch endlich die alte Eule. Sie wird sich sicher denken, dass wir schon weg sind, wenn du sie nicht mehr besuchst. Und wenn du jemanden zum Quatschen brauchst, bin ich ja auch noch da."

Was konnte Sara tun? Sie hatte einfach keine Möglichkeit, Gilas über die Abreise zu informieren. Ihr fiel beim besten Willen nichts ein. Sie musste gegen Mittag mit den anderen aufbrechen. Am Abend hatten sie den Rand der Felder erreicht. Hier wollten sie warten, bis die Dunkelheit sie vor den Augen möglicher Angreifer verbarg. Schließlich gab Großvater das Zei-chen, alle stürmten los. Wie Gilas es vorausgesagt hatte, war auch der anschließende Bach kein Hindernis und so fanden sie im Wäldchen jenseits des Baches ein sicheres Nachtlager. Und so ging ihre Reise Tag für Tag weiter.

Unterdessen begann Gilas sich tatsächlich Sorgen zu machen. Sara war zwar nicht immer pünktlich, aber das sie sie so ganz vergessen hatte, war nun doch nicht ihre Art. Also flog sie eines

Tages los, um ihre Freundin zu suchen. Doch an den ihr bekannten Schlafstellen und Futterquellen war weit und breit kein einziges Eichhörnchen zu sehen. Die Familie musste doch schon abgereist sein. Auf einer Lichtung, auf der Sara und ihre Freunde immer gerne gespielt hatten, fand Gilas einen Tannenzapfen, obwohl die nächste Tanne weit entfernt stand. War das Saras Abschiedsgruß?

Zauberhafte Verwandlung

Es war einmal - der eitle Kaiser hatte gerade den beiden Webern viel Gold und Silber für seine neuen Kleider, die doch niemand sehen sollte, gegeben - da wachte Gilas schon früh am Abend auf. Seit Sara weggegangen war, schlief sie ohnehin nicht mehr besonders gut. Sie machte sich Sorgen, um ihre kleine Freundin. Sie hatte Angst, sie würde sie nie wieder sehen. Einmal hatte sie versucht zu dem Wald im Osten zu fliegen, in dem Sara mit ihrer Familie jetzt wohnte, doch die Bussarde hatten sie auch diesmal vertrieben. Sie hatte keine Möglichkeit, mit Sara Kontakt aufzunehmen. Vorausgesetzt, die war noch nicht von den Bussarden gefressen worden.

Und dann ging ihr laufend durch den Kopf, was Sara in ihrem letzten Gespräch von diesem Siko erzählt hatte, dem Eichhörnchenjungen, mit dem sie sich wohl angefreundet hatte. Warum hatte sie damals nur nicht nachgefragt? Sie würde es Sara ja schon gönnen, wenn sie einen Freund finden würde, aber das würde natürlich auch bedeuten, dass Sara weniger Zeit für sie haben würde. Und da sind eben auch Eulen ein wenig eifersüchtig. Vielleicht war es ja ganz gut, dass die Abreise der Eichhörnchenfamilie gerade jetzt stattfand. So musste sich Gilas nicht mit ihrer Eifersucht beschäftigen, sondern konnte die Trennung auf die widrigen Umstände zurückführen.

Gilas haderte mit ihrem Schicksal. Ja, sie war unglücklich. Und dann geschah etwas Unglaubliches. Eines nachts flog Gilas über die Lichtung, auf der die Eichhörnchen immer gespielt hatten, als sie plötzlich ein helles Licht erblickte. Es war viel heller als eine Kerze und vor allem viel weißer, als das Licht, das sie von den Häusern der Menschen kannte. Es musste wohl ungefähr Mitternacht sein. Der Lichtschein - Gilas konnte kaum hinsehen, so hell war er - bewegte sich genau in die Mitte der Lichtung und zwischen ihren halb geschlossenen Lidern erkannte Gilas, wie sich aus dem Licht eine Frau formte.

„Hallo Gilas, erschrick nicht, flieg nicht fort. Ich will mit dir reden."

Natürlich erschrak Gilas, als sie die Stimme vernahm, aber sie war viel zu neugierig um davon zu fliegen. Vielleicht aber auch einfach nur zu aufgeregt. Fast stotterte sie, als sie die Frau ansprach.

„Woher kennst du meinen Namen? Wer bist du überhaupt? Was haben wir denn miteinander zu besprechen? Und wieso verstehe ich dich überhaupt?"

„Ich bin Fee. Ich kann in jeder Sprache der Menschen und der Tiere sprechen, denn ich bin eigentlich gar kein Mensch. Ich habe nur deren Gestalt angenommen, denn wenn ich nur ein Lichtschein wäre, würde es niemand glauben, dass ich mit ihm spreche. Außerdem muss ich meistens den Menschen helfen, denn die sind viel häufiger unglücklich. So wie du jetzt; und deshalb bin ich hier."

Gilas hatte noch nie etwas von einer Fee gehört, die als Lichtkugel durch die Lande reiste und den Menschen half. Doch die Erscheinung war so überwältigend, dass sie nicht anders konnte, als dieser Fee zu glauben. Schließlich wollte sie ihr helfen.

„Also gut. Du hast recht, ich fühle mich zur Zeit nicht besonders gut. Aber wie willst du mir helfen?" fragte sie die Fee.

„Nun ja, ich kann dich nicht einfach glücklich zaubern, aber ich kann dich in ein anderes Tier verwandeln. Vielleicht in eines, das in einer Familie lebt, denn ich glaube, am meisten macht dir die Einsamkeit zu schaffen. Wärst du nicht gerne ein Eichhörnchen? Die kennst du schon ein wenig, und die sind ja auch wirklich ein ausgesprochen fröhliches und freundliches Völkchen."

So verlockend dieses Angebot auch sein mochte, wollte Gilas doch erst einmal mehr von dieser Fee erfahren, bevor sie sich auf eine Verwandlung einließ.

„Du weißt genau, dass ich nichts lieber wäre. Aber sag doch mal; wieso habe ich noch nie etwas von dir gehört? Und was passiert, wenn ich als Eichhörnchen auch nicht glücklich bin?"

„Wenn du es nicht ausprobierst, wirst du es nie erfahren. Aber ich will dir ein bisschen von mir erzählen. Vielleicht fasst du ja dann Vertrauen. Wie du weißt, heiße ich Fee. Ich reise durch die ganze Welt, um Menschen und Tieren, die in einer Notlage sind, zu helfen. Meist sind es Menschen, aber ab und zu brauchen mich auch die verschiedensten Tiere. In letzter Zeit habe ich unglaublich viel zu tun, denn die Menschen haben immer irgendwelche Gründe um unglücklich zu sein. Wenn das so weitergeht, werde ich in Zukunft viele Helferinnen brauchen. Ein paar sind auch schon zur Ausbildung auf der Sonne. Ich mache dir einen Vorschlag. Wenn du als Eichhörnchen nicht glücklicher bist, kannst du beim nächsten Vollmond wieder auf diese Lichtung kommen und ich werde dich wieder in eine Eule zurückverwandeln."

„Also gut. Ich will es versuchen." Gilas nahm ihren ganzen Mut zusammen. Sie hatte ja schon ziemlich viel probiert in ihrem Leben, aber sich in ein Eichhörnchen verwandeln zu lassen, war doch ein Wagnis. Ein Wagnis, das sie in ihrer Verzweiflung einging, ohne lange zu überlegen. Irgendwie war Fee sehr Vertrauen erweckend. Gilas wusste nicht so recht warum. Aber sie sagte zu.

„Schön, dass du mir vertraust. Ich werde mich jetzt wieder in eine Lichtkugel verwandeln und dann musst du hier zu mir in die Mitte der Lichtung fliegen. Aber setz dich lieber gleich auf das Moos, denn als Eichhörnchen wirst du nicht mehr fliegen können."

Gilas folgte den Anweisungen genau. Kaum saß sie auf der Lichtung, wurde das Licht noch heller. Sie kniff ihre Augen zu. Als sie sie wieder öffnete, war es wieder dunkel. Ganz allmählich gewöhnten sich ihre Augen daran. Schließlich erkannte sie im Licht des Mondes, dass Fee keine Schwindlerin war. Gilas war tatsächlich ein Eichhörnchen. Und weil Eichhörnchen nun mal nachts nicht unterwegs sind, suchte sie sich schnell eine gemütliche Schlafecke in einer breiten Astgabel, die nicht allzu hoch gelegen war.

Am nächsten Morgen wachte Gilas mit dem Sonnenaufgang auf. Jetzt wollte sie zuerst ihren neuen Körper kennen lernen. Doch der schien ihr überhaupt nicht neu. Sie kletterte Baumstämme hoch, hüpfte von einem Wipfel zum andern und knackte Nüsse, als ob sie ihr ganzes Leben lang nichts anderes getan hatte. Was die Fee da vollbracht hatte, war wirklich ein Wunder. Keinen Moment fühlte sich Gilas unsicher und so machte sie sich noch am selben Tag auf, ein paar Freunde zu finden. Der Weg nach Osten war ihr alleine zu gefährlich. Und dann hätte sie es ja auch den Rückweg nicht rechtzeitig geschafft, falls sie beim nächsten Vollmond doch wieder eine Eule sein wollte.

Also zog sie nach Westen. Denn dort lebten seit einiger Zeit einige Eichhörnchen, die sie in den letzten Nächten immer wieder einmal gesehen hatte. Die Reise war kurz und die einzige gefährliche Wiese durchsprang sie bereits am nächsten Morgen. Kurz darauf traf sie die Eichhörnchen.

„Hey, wo kommst du her?"

„Aus dem Osten, jenseits der Wiese. Ich heiße Gilas."

„Leben da noch mehr Eichhörnchen?"

„Nein, ich war ganz alleine. Deshalb habe ich mich ja auch auf die Suche nach euch gemacht. Kann ich bei euch bleiben?"

Die übrigen Eichhörnchen wussten nicht so recht, was sie mit Gilas' Angaben anfangen sollten. Ein Eichhörnchen, das ganz alleine lebte, davon hatten sie noch nie gehört. Und wie konnte sie sie gesucht haben, wenn sie doch bislang nichts von ihnen wusste? Und dann die Frage, ob sie bleiben dürfte. Dabei waren Eichhörnchen doch für ihre Gastfreundschaft bekannt. Und dieser komische Name. Eine wirklich seltsame Begegnung dachten sie, während sie Gilas ganz selbstverständlich zu ihrem Schlaf- und Versammlungsplatz begleiteten.

Gilas wurde dem Familienoberhaupt vorgestellt, aufs herzlichste begrüßt und dann von ein paar scheinbar Gleichaltrigen mit auf die Futtersuche genommen. Diese Familie war viel kleiner als die von Sara, dachte Gilas, die von der freundlichen Aufnahme begeistert war. Ihre Begleiter zeigten ihr, wo sie die besten Nüsse und Eicheln fand, machten sie auf die Lichtungen aufmerksam, über denen immer wieder Bussarde kreisten und die sie folglich meiden sollte. Es war ein schöner Nachmittag. Obwohl sich Gilas als Eichhörnchen wohl fühlte, war doch dieses Leben für sie ganz neu. Vor allem das ständige Zusammenleben mit anderen war schon jetzt äußerst interessant.

Abends fragten sie die anderen natürlich noch ein bisschen aus.

Da Gilas ihnen ja schlecht erzählen konnte, dass sie noch vor wenigen Tagen eine Eule war, erfand sie eine Geschichte für ihre Kameraden. Sie wäre von ihrer Familie getrennt worden, weil sie vor einem Bussard flüchtete. Und dann habe sie sie nicht mehr gefunden, sich aber an die Erzählungen der Älteren erinnert, die von anderen Eichhörnchen im Westen erzählt hatten. Ja, und so war sie dann hierher gekommen.

Doch nach ein paar Tagen ging ihr das ständige Geplapper auf die Nerven. Konnten die denn nie ruhig sein? Wollten die denn nicht auch mal einfach nur dasitzen und ein wenig ihren Gedanken nachhängen? Schließlich war auch Sara nicht immer durch die Gegend gehüpft und hatte auch nicht dauernd auf sie eingeredet. So wie Sara war keiner ihrer Freunde hier. Und manchmal, wenn Gilas auf eine einfache Frage mit einer ausladenden Erklärung antwortete, schauten die übrigen Eichhörnchen sie mit verständnislosem Blick an. Nein, dieses Eichhörnchen war keines von ihnen. Diese Gilas mochte springen und sprechen wie ein Eichhörnchen, aber irgendwie war sie doch anders.

Gilas nutzte die volle Zeit, die ihr bis zum nächsten Vollmond blieb. Doch ihre Entscheidung stand fest. Sie wollte lieber eine Eule sein. Denn so schlimm es auch war, niemanden zu haben, der einem zuhört, noch schlimmer war es, von so vielen umgeben zu sein, die einen nicht verstanden. Sie sagte den anderen, sie wolle doch versuchen, ihre eigene Familie zu finden und verließ sie zwei Tage vor Vollmond. Besonders vorsichtig war sie nicht auf dem Rückweg. Trotzdem ging alles gut. Fee kam tatsächlich wie vereinbart. Angst hatte Gilas nun keine mehr vor ihr. Fee wollte zwar wissen, wie es Gilas ergangen war, doch Gilas hatte keine Lust ihr davon zu erzählen.

„Verwandle mich wieder in eine Eule und dann lass mich in Ruhe. Verzeih, dass ich so unfreundlich bin, aber diese Verwandlung war eine große Enttäuschung. Ich hatte gehofft, als Eichhörnchen wäre es ein Leichtes eine Gefährtin wie Sara zu finden. Doch das war es nicht."

„Ich hatte es fast erwartet. Aber hättest du es mir geglaubt, wenn du es nicht selbst hättest ausprobieren können? Jedes Tier ist etwas Besonderes. Und Sara ist einzigartig für dich. Diese Erinnerung kann dir niemand nehmen. Jetzt komm her und sei wieder was du bist."

Als das helle Licht von der Lichtung verschwunden war, sahen ein paar aufgeschreckte Kaninchen, wie sich ein Eule in den Nachthimmel aufschwang.

Abflug

Es war einmal und ist nicht mehr ein flauschig-weicher Teddybär, zu einer Zeit als sich das kleine Dorf in Gallien noch tapfer gegen die römische Übermacht wehrte. Gilas versuchte die schönen Seiten ihres Lebens zu genießen. Sie flog ihre Freunde, die Bären, besuchen und ging mit ihnen zum Fischen. Sie flog über die schönsten Gegenden, die sie kannte. Und doch machte ihr das Leben nicht mehr so recht Spaß. Seit Sara weggegangen war, fehlte ihr etwas. So richtig konnte sie es selbst nicht beschreiben. Freundlich waren die Bären auch zu ihr. Und die Jungen waren stets ausgelassen. Aber obwohl sie mit der Bärin einige Abende zusammensaß und sich gut mit ihr unterhielt, fühlte sie sich doch nie so richtig verstanden.

Also machte sie sich wieder einmal auf die Reise. Diesmal wollte sie nach Süden fliegen. Da es im Norden immer kalt war, musste es dort warm sein. Das stellte sie sich ganz herrlich vor. Im Herbst machte sie sich auf die Reise. Als sie auf einige Berge stieß, auf denen es noch kälter war, als bei ihr Zuhause im Winter, bog sie nach Osten ab. Dann wendete sie wieder in Richtung Süden. An einem riesigen See folgte Gilas der Küste.

Schließlich flog sie über eine Stelle, an der sich die beiden Uferseiten ganz nahe kamen. Zwei Nachtflüge später fand sie ein schönes Wäldchen, ganz in der Nähe des Wassers. Dort wollte sie sich niederlassen.

Und es war wirklich schön warm. Daheim würde jetzt wohl schon der erste Schnee fallen. Auch die Landschaft unterschied sich gar nicht so sehr. Allerdings war hier entlang des Sees ein breiter Streifen Sand. So etwas hatte Gilas noch nie gesehen. Abends flog sie oft auf den letzten Baum vor dem Sand und sah der Sonne zu, wie sie hinter dem Horizont verschwand. Dann ging sie auf die Jagd und erkundete die nähere Umgebung. Auch hier hatten sich schon an vielen Stellen Menschen niedergelassen. Eines Abends verspürte sie keinen großen Hunger und so blieb sie auf dem Baum sitzen nachdem die Sonne untergegangen war.

Plötzlich - nein, eher unerwartet - bewegte sich ein großer Stein über den Strand. Nanu, was mochte das sein? Gab es hier Steine, die krabbeln konnten? Das wollte sich Gilas näher anschauen. Sie flog einige Male ganz nah an dem Stein vorbei, konnte aber nicht erkennen, warum er sich bewegte. Rollen konnte er nicht, denn die Sandfläche war leicht geneigt und der Stein bewegte sich aufwärts. Gilas landete ganz vorsichtig in der Nähe des Steins. Da erkannte sie auch, das unten ein paar Füße, ein Kopf und ein kleines Schwänzchen aus dem Stein ragten. Es war also doch ein Tier. Aber was für eines?

„Hey, du da!" rief sie einfach mal in die Nacht. Wäre doch gelacht, wenn sie nicht mit diesem komischen Stein sprechen könnte.

„Hey du, Stein! Sag doch mal was."

„Ja, ja. Ist ja schon gut," antwortete der Stein ganz langsam. Offensichtlich fühlte er sich gestört. „Wer brüllt denn da so herum?"

„Oh, du kannst ja wirklich sprechen. Ich bin Gilas und komme aus dem Norden. Und wer bist du? Und vor allem was bist du?"

„Ich bin Jalli, eine Schildkröte. Ich lebe hier im Meer. Früher habe ich meine Eier hier im Sand vergraben, aber jetzt lebe ich schon lange allein. Trotzdem komme ich im Winter oft hierher, um mich im warmen Sand aufzuwärmen. Aber was machst du hier? Und wieso seid ihr Eulen im Norden viel größer, als die hier bei uns?"

„Warum wir größer sind, weiß ich auch nicht, aber ich war einmal ganz weit im Norden, wo fast immer Schnee liegt, da...."

„Was ist denn Schnee?" unterbrach Jalli.

„Ach so, den kennst du ja auch nicht. Nun, Schnee fällt wenn es kalt ist vom Himmel. Also so ähnlich wie Regen. Den kennst du doch, ja? Nun und wenn die Erde auch kalt genug ist, dann bleibt der Schnee liegen. Manchmal liegt er so hoch, dass du ganz darunter verborgen wärest. Ja, und dort ganz weit im Norden ist die Erde fast das ganze Jahr so kalt, dass der Schnee liegen bleibt. Dort habe ich auch ein paar Eulen getroffen, die kleiner waren als ich. Und stell dir vor, sie waren außerdem ganz weiß, damit sie in all dem weißen Schnee nicht auffallen. Es gibt also ganz verschiedene Eulen."

„Ja, aber unsere sind nicht weiß. Und es gibt auch nicht viele. Aber jetzt erzähl doch mal, was dich hierher getrieben hat."

„Na ja, ich wollte einfach mal etwas Neues erleben. Ein paar neue Tiere kennen lernen - das ist mir jetzt ja auch gelungen. Einfach mal eine andere Gegend erkunden. Und da bin ich eben hier gelandet."

„Ja hast du denn keine Familie, um die du dich kümmern musst. Keine Verwandten, die dich gerne um sich haben."

„Nein, wir Eulen leben ja nicht in großen Familien. Und da ich auch keine Kinder habe, bin ich ganz alleine und kann tun und lassen, was ich will."

„Das klingt aber traurig," unterbrach die Schildkröte erneut.

„Ist es auch. Manchmal jedenfalls. Aber insgesamt war es doch auch sehr interessant. Ich bin ganz schön herumgekommen. Habe viele verschiedene Tiere kennengelernt."

Und wieder unterbrach Jalli: „Dann erzähl doch mal ein paar von deinen Erlebnissen. Weißt du, meine Kinder kommen ab und zu zu Besuch und die hören wahnsinnig gerne Geschichten. Und mir fallen oft nur welche ein, die ich ihnen schon zigmal erzählt habe."

So begann Gilas der Schildkröte eines ihrer Abenteuer zu erzählen. Erst als Jalli zu müde zum Zuhören war, verabredeten sie sich für den nächsten Abend. Weil Schildkröten ihren Schlaf brauchen, erzählte Gilas jeden Abend eine Geschichte, bis sie schließlich alle ihre Erlebnisse berichtet hatte. Auch an den folgenden Abenden trafen sie sich und sprachen über alles mögliche. Die Schildkröte war wohl ziemlich alt. Sie erzählte von der Zeit, bevor die Menschen sich an der Küste niedergelassen hatten. Sie wusste ein paar tolle Geschichten, die ihr am anderen Ende des großen Wassers erzählt worden waren. Und sie musste Gilas immer wieder beschreiben, wie es war, unter Wasser zu leben. Dafür faszinierte sie alles, was Gilas vom Fliegen erzählte. Der Winter verging für beide wie im Flug. Schließlich nahm Gilas Abschied. Sie wollte zuhause noch den letzten Schnee sehen und das Erwachen der Natur beobachten.

Der Rückflug verlief ziemlich ereignislos. Nur bei den Bergen war es diesmal noch kälter. Gilas hatte die Rückreise zum richtigen Zeitpunkt angetreten. Als sie ankam, brachen gerade die Krokusse durch den Schnee, der einige Wochen danach bereits ganz geschmolzen war. Doch so schön das auch war, die

Blumen die überall anfingen zu blühen, das erste Grün an den Bäumen, die ersten warmen Nächte, Gilas kannte das alles. Und es machte ihr alleine keinen Spaß. Damals mit Sara waren die Farben der Blumen bunter, das Grün leuchtete viel stärker und die warmen Nächte waren mit Sinn erfüllt, wenn sie gelegentlich bei ihrer Freundin vorbeiflog, um zu sehen, ob die sich ein sicheres Plätzchen für die Nacht gesucht hatte.

Und dann war da noch der See, über den sie jetzt wohl niemals mit Sara gemeinsam im Mondlicht fliegen würde. Gilas war sich sicher, sie hätte Sara noch dazu bewegen können, diesen Flug zu unternehmen.

Gilas entschloss sich, einen anderen Flug zu unternehmen. Einen viel weiteren Flug als alle zuvor. In einer klaren Nacht flog sie dem Mond entgegen. Immer höher hinaus. Es wurde immer kälter dort oben. Doch gegen die Kälte in ihr war das nichts. Dann bekam sie kaum noch Luft und wurde fast ohnmächtig von der Anstrengung. Sie war jetzt schon höher, als bei ihrem Treffen mit dem Kormoran. Unter ihr blinkte der See im Mondschein. Er war nur noch ein ganz kleiner Fleck. Doch Gilas stieg immer weiter auf. „Noch höher, noch höher," war alles, was sie dachte, wenn sie überhaupt dachte. Schließlich konnte sie sich kaum noch bewegen vor Kälte und Erschöpfung. Höher würde sie nicht mehr kommen. Gilas faltete die Flügel zusammen und stürzte in Richtung See. Auf ihren See zu - auf ihren Traum.